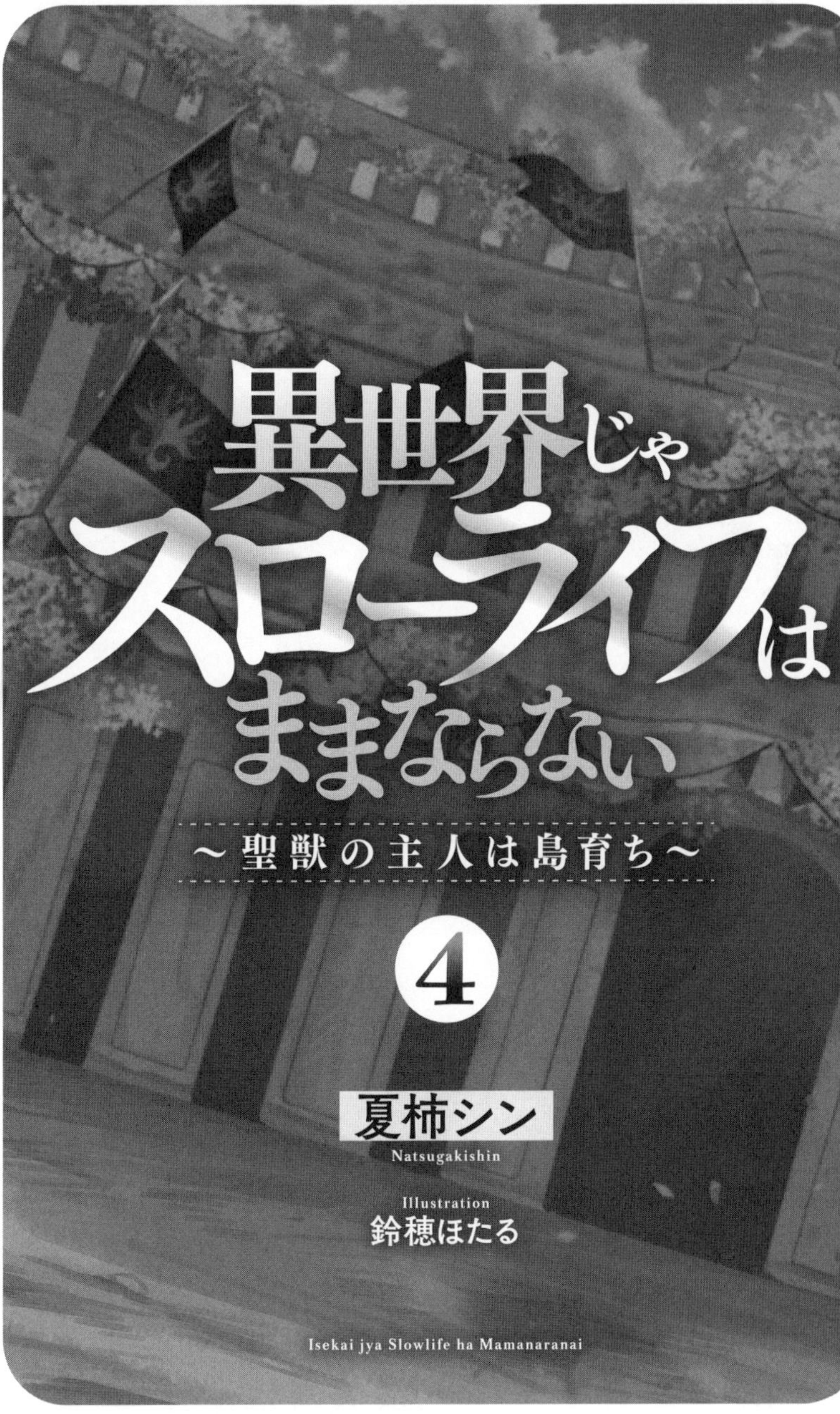

異世界じゃスローライフはままならない

～聖獣の主人は島育ち～

4

夏柿シン

Natsugakishin

Illustration

鈴穂ほたる

Isekai jya Slowlife ha Mamanaranai

ノクス
森で倒れているところを
ライルに救われた魔物。
今はアモンの弟分。
ライル
自然を愛する元島育ちの青年。
子供を助けて命を落とし、異世界
に転生した。
アモン
ライルの前世の愛犬。
彼を追って世界の壁を
越え、聖獣となった。
シャルロッテ
バーシーヌ王国の王女様。
負けん気は強いが、根は
真面目で努力家。
登場人物紹介 CHARACTERS

ジーノ
バーシーヌ王国の第三王子。魔物になってしまったがへらへらした性格はそのまんま。
ヒューゴ
ライルの父。凄腕の冒険者だったが、現在は狩りで生計を立てている。
リナ
ライルの母で、聖魔法を扱う優秀な医者。

第一章　聖獣のお仕事

ただの柴犬《しばいぬ》だった僕、アモンの犬生《いぬせい》は、一人の優しい青年──夏目蓮《なつめれん》との出会いで大きく変わった。

蓮は独《ひと》りぼっちだった僕を連れ出して、家族になってくれた。僕は彼に命を救ってもらったんだ。

日本の島で暮らしていた僕たちに、ある日事件が起こった。

不慮《ふりょ》の事故で蓮が海に落ち、命を落としたんだ。蓮を追って海に飛び込んだ僕は、世界の壁を越えた。そして異世界で生まれ変わった蓮──ライルと再会した。

なぜか僕は聖獣っていう神様の使いに選ばれて、蓮と一緒にいられることになったみたい。


異世界で蓮と再会してから八年くらい経《た》つ。その間にいろんな人たちと出会った。

ライルの家族や、ナイトメアアポストルという魔物のノクス、ドラゴンのシオウとアサギ。他にも湖の精霊エレインや大樹の精霊ヴェルデ、銀狼の長《おさ》であるシリウス……本当にたくさんの仲間ができた。

友達ができたり、魔法が使えるようになったり、おいしいお肉を食べられたり、独りぼっちだった時には想像できなかった、楽しい毎日を送っている。

それも全部、蓮……ライルのおかげなんだ。

そんなライルは、最近ちょっと忙しそう。

彼は十一歳。もうすぐ、王都にある王立学園の四年生になる。

現三年生の首席だから夏に開催される聖獣祭《せいじゅうさい》の実行委員になっちゃったらしくて、仕事が大変なんだって。

人に頼られて忙しいのは、蓮だった時から相変わらずだ。

だけどチマージルから帰ったあとは、なんだか雰囲気が変わった気がする。

なんていうか、積極的に人と交流している感じだ。

もともと優しくて、みんなに好かれていたライルだけど、自分から行動を起こすタイプじゃなかった。前世から一緒の僕はちょっとびっくりしてる。


さて、ライルが学園に通っている時間、僕は彼の実家があるトレックの村でお留守番だ。

前までは僕も王都にいたんだけど、最近は事情があってそうもいかないんだよね。

今日は、去年生まれたシルバーウルフの子どもたちの様子を見に来た。

トレックの裏手、聖獣の森にあるエレインの湖のそば。

ここなら強い魔物はほとんどいないし、万が一何かあっても、エレインが持つユニークスキル【湖《みずうみ》の乙女《おとめ》】で移動できる。【湖の乙女】は、この湖と同じ水源の水がある場所に転移できるというもの。王都の屋敷には湖の水をアサギのユニークスキル【絶対零度《ぜったいれいど》】で凍《こお》らせたクリスタルがあるから、ライルが湖に駆けつけることだってできるんだ。

ここは、子どもたちにとって安全な遊び場なんだよ。

シルバーウルフの子どもたちには、僕よりも翼があって空を飛べるノクスの方が人気だ。

今も、みんなでノクスを追いかけている。

飛んでいるものを追いかけるのは、楽しいからね。

僕がノクスたちを眺めていると、知っている気配が近づいてきた。

「私たちもご一緒してよろしいですか？」

三体のぬいぐるみを抱っこしたフィオナと、その父親のディランだ。

数年前、フィオナは瘴気《しょうき》の病を治療するために祖国のチマージルを亡命し、マリアという偽名を使って今もトレックで暮らしている。ライルや、そのお母さんであるリナの治療によって、彼女の病気はすっかりよくなった。

「うん、もちろん！」

僕が答えたら、ぬいぐるみたちはフィオナの腕から飛び降りて、二本足でよちよち歩き出す。

ぬいぐるみは、一本角の生えた水色の熊さん、耳が長い紫色の豚さん、緑色の羽が生えた黄色い狸《たぬき》さん……のような見た目をしている。

その姿を見て、シルバーウルフの子どもたちと遊んでいたノクスが興奮した声を上げる。

「わぁ！　もう歩けるようになったんだ。すごいねー」

「早くみなさんと遊びたくて、たくさん練習したんですよ」

フィオナの言葉に答えるみたいに、三体はぴょこぴょこ跳《は》ねた。

このぬいぐるみには、フィオナの従魔であるデザートジャイアントたちが宿っている。

去年、僕たちはとある事情でチマージルにある不死鳥《ふしちょう》の島《しま》を訪れた。

デザートジャイアントは、その際に出会った骸骨《がいこつ》の巨人だ。

大昔にチマージルの女王から命じられて、ずっとバーシーヌ王国とチマージルの国境にある砂漠の守護をしていた三巨人。

女王の血を引くフィオナがその任を解いたことで、僕たちは砂漠を越えられたんだよ。

熊さんっぽい子がシフォン、豚さんのような子がブリュレ、狸さんみたいな子がタルト。

シフォンたちには【分霊《ぶんれい》】というスキルがあり、自分の体の一部を違う物体に移して、操ることができる。

チマージルでの冒険からしばらく経った頃、フィオナは、彼らとトレックで一緒に暮らすために、ぬいぐるみの中にその骨の一部を入れることにしたんだ。

【分霊】は宿った物を自由に動かせるようになったり、魔法なんかも使えるようになったりするそうなんだけど……前に会った時は立ち上がるのさえ上手くできていなかったのに、すごい上達ぶりだ。

以前とは違うところが、もう一つあった。

僕はフィオナに尋ねる。

「この間はまだ洋服は着ていなかったよね。これもフィオナが作ってあげたの？」

シフォンたちは、胸にピンクのリボンがついたチョコレート色の服を着ていた。

三体ともお揃いだ。

「はい。お外を歩いて体が汚れちゃうのが心配だったので、作ってみました。本当はもっと可愛くしたかったんですが……ディランお父様に『シフォンたちは男の子だから、リボンは控えめにしてあげた方がいい』って止められてしまって」

娘に睨《にら》まれ、ディランがそっと視線をそらした。

ぬいぐるみもフィオナが作ったものなんだけど、確かに色や形など独特なセンスだ。

でも、僕はなんだかハロウィンみたいで楽しいと思う。

タルトが振り返って、フィオナを手招きする。

それを見たフィオナが駆け寄ると、三体は彼女にすり寄った。

三体とも彼女が大好きなのだ。きっとどんなデザインでも、フィオナが自分たちのために作ってくれたものなら喜んでいたはず。

フィオナと三巨人も空飛ぶノクスを追いかけて遊び始めた。

まだ上手く走れないシフォンたちを風魔法で補助してあげながら、僕はみんなの様子をディランと一緒に眺めていた。

隣に座るディランに聞く。

「トレックには慣れた?」

チマージルの女王の娘であるフィオナの生《お》い立ちは少し複雑だ。彼女には父親が二人いて、そのうちの一人がディラン。もう一人はフィオナを連れてバーシーヌに亡命してきたザック、本名はアリスだ。彼は、去年の冒険をきっかけに、不死鳥の島に残っている。

ザックはしばらくトレックで暮らしていたんだけど、ディランはまだ来たばかり。馴染《なじ》めているのか心配だ。

「あぁ。本当にいい人ばかりで、助けられているよ。ここに来る途中も、すれ違ったご家族から挨《あい》拶《さつ》されてね。今夜子どもの誕生日会があるからって、招待してもらったんだ」

「きっとミシカの誕生日会だね。さっきまで家族で聖獣の祠《ほこら》にいたのが、ここから見えたから」

ミシカの家族は、ライルが学園へ入学するために活動拠点を王都に移したのと入れ替わるように、トレックに引っ越してきた。

お姉ちゃんのミリアが瘴気の病に侵されてしまって、その治療のために来たんだ。

ミリアはすっかり元気になって、そのすぐあとにミシカが生まれた。

それからもう三年。僕がライルと再会した日のように、彼女も祠へ挨拶に来てくれたんだろう。

「人も自然も本当に優しくて……こんなに穏《おだ》やかな生活をしてていいのかと考えてしまうよ」

ディランは湖を眺めながら、小さな声で言った。

「やっぱりリーナのことが気になる？」

「それもあるけどね……ただ、自分にできることがあるのか不安になるんだ」

僕の質問に、ディランは意外な答えを返した。

数年前、フィオナの亡命に際して、ディランはとある事件に巻き込まれて死にかけていたリーナという少女を愛娘《まなむすめ》の身代わりに利用した。

幸いにもリーナはヴァンパイアの祖、リグラスクの力で一命を取りとめ、今は彼の配下のヴァンパイアとして不死鳥の島で暮らしている。てっきりそっちの心配だと思ったんだけど……僕はディランが悩む理由がわからず、首を傾げた。

「狩りの仕事は嫌い？」

ディランは今、ライルのお父さんであるヒューゴと一緒に村の人たちの食料を狩ったり、診療所で使う薬草の採取を手伝ったりしている。

「いや、そうじゃないんだ。昨年の不死鳥の島での一件で、各地の瘴気の封印が解けようとしているのを知った。それなのに、俺だけやるべきことがわからずにいるのが不甲斐《ふがい》なくてね。アリスはリグラスク様のところで働いているだろうし、フィオナだって聖属性は使えなくてもリナさんの診療所を手伝っている。ヒューゴやリナさんは緊急時にすぐ動ける実力と立場があるだろう？　俺たちがトレックで生活できているのも、彼らのおかげだ」

ディランの言葉に、僕は頷いた。

チマージルから帰ったあと、バーシーヌ王家との間で今後について話し合いが行われた。

その時に、王太子のマテウスから「チマージルを出たとはいえ、女王の血を引くフィオナは王家で保護した方がいいのではないか」と提案があったんだ。

だけどヒューゴは「彼女は俺が責任を持ってトレックで預かる」と宣言し、リナもそれに賛成した。

もちろん、フィオナの気持ちをちゃんと確認したうえでだ。

その結果、彼女は引き続きトレックで生活することになった。チマージルのお姫様だったことは、村のみんなに内緒にしているんだけどね。

突然現れたディランについては、説明が大変だからザックの弟ってことで通している。

「祖国を離れ、何者でもなくなった俺の役目はなんだろう……って、聖獣様と不死鳥様の前で嘆いているわけにもいかないいな」

ディランは苦笑いして頭を掻《か》いた。

「僕は、聖獣とか関係なくお話ししてくれた方が嬉しいよ」

僕の言葉に賛同するように、僕の足輪に宿る不死鳥様……インフェルノスライムのフェルが少し炎を出した。

「あぁ、わかっている。それはそれとして、俺の力が必要な時はいつでも言ってくれ。この森で生きる者として、聖獣様を助けるよ。鍛錬《たんれん》は怠《おこた》っていないからさ」

ディランはそう言って立ち上がると、少し離れたところで遊んでいるフィオナたちの方へ歩いていった。


夕方になって、フィオナたちとは祠のそばで別れた。

僕はライルが帰ってくるのを待つ。

ここにはかつてヴェルデが生まれた大樹があった。

今はその切り株から【接木《つぎき》】されたスイの樹が生えている。

遊び疲れたノクスは、そこに寄りかかってウトウトしているみたい。

僕もいつもなら一緒に寝て待つんだけど、今日はなんだかモヤモヤして眠れない。

祠からは、微《かす》かにハルカゼソウのお香の香りがする。

香りに誘われて中に入ると、小さな紙が置いてあった。

『聖獣様のおかげで元気になりました。妹ももう三歳です。ありがとうございます』

ミリアが書いた手紙だとすぐにわかった。

違うんだよ。僕はなんにもしてない。

ミリアを助けたのは、リナだ。

『俺だけやるべきことがわからずにいるのが不甲斐なくてね』

さっき聞いたディランの話が、頭から離れない。

僕はライルたちのように瘴気の病を治せない。困っている人がいても、助けてあげられない。

聖獣として、僕は何をすべきなんだろう……僕にできることって一体……

そう悩んでいた時、真っ白な光に包まれた。


気が付くと、僕は真っ白な空間にいた。

「よぉ、アモン。元気にしていたか？」

そう声をかけてきたのは白と黒の縞々《しましま》の虎のおじさん——獣神《じゅうしん》ガルだ。

突然のことに驚いて返事ができずにいると、ガルは僕の頭をガシガシと撫でてきた。

「久しぶりだってのにつれないなー。もっと喜んでくれてもいいだろ？」

「あ、ごめん。びっくりしちゃって……もう会えないかもしれないと思ってたから」

「まあな。俺の権限で聖獣に会えるのは二回。聖獣に任命する時と、その任を解く時だけなんだ。お前の場合は任命の時に力を使わずに済んだから、一回分余ってたんだよ」

そっか。僕はこの世界に来る時、輪廻《りんね》の神カムラの領域に入ったところを彼に見つけてもらっている。ガルとはそこで出会ったから、わざわざ力を使う必要がなかったんだ。

「その力を使ったってことは何かあったの？」

「いや、特にトラブルはない。ただ、俺は聖獣の森を担当している神だが、お前はいつも森にいるわけじゃないだろ。今を逃したら、次に接触できるチャンスはいつになるかわからないからさ。それに『元気にしていたか』なんて聞いといてなんだが、お前が浮かない顔してたのが気になったんだよ」

心配して呼んでくれたんだ。

僕は今日あったことと、今感じているモヤモヤした気持ちをそのまま話した。

ガルが腕を組んで呟く。

「……お前は面白いな。まるで人間のような考え方をする」

「どういう意味？　目の前で困っている人がいたら助けてあげたいと思うのは普通じゃない？」

「ほとんどの魔物はそんな考え方しないさ。弱肉強食の世界で、自分たちの種を守ることで精いっぱいなんだ。それは聖獣であっても変わらない。少なくとも俺はそうだった」

「まさかガルも聖獣だったの!?」

「大昔だけどな。言ってなかったか？」

「初耳だよ。ガルはどんな聖獣だった？」

僕がわくわくして質問すると、ガルはほんの少しだけ悲しそうな顔をした。

「俺は人間嫌いの聖獣だった」

「え？」

ガルがそんなこと言うなんて全然思ってなくて、びっくりしてしまう。

彼が事情を話し始める。

「俺が聖獣をやっていたのは、人が森を荒《あ》らすようになった時代なんだ。あの頃の俺にとって、人間は敵だった」

ガルによると、彼が聖獣になるよりさらに前は、森の民以外の人間も一緒に聖獣の森を守っていたそうだ。

だけど戦争が始まったせいで、遠い未来に起きるかもしれない世界の破滅よりも、目の前の戦争に勝つことの方が大切になってしまったんだって。

「以前、人間がこの森を開拓しないのは聖獣への信仰があるからだと言ったが、信仰心じゃ腹は膨《ふく》れないからな。世界が荒れれば、信仰も揺らぐ。俺が聖獣だったのはそういう時代だったんだ」

そう話す横顔はなんだか寂《さび》しそうだ。

僕が尻尾《しっぽ》を下げたのを見て、ガルが慌てて付け加える。

「もちろん今は人間のことは嫌いじゃないぞ。俺は聖獣の座を降りてから、獣神になるまでの短い間で、世界を旅したんだ。人間にもいろいろいて、一生懸命生きている者もたくさんいることを知った。それにあの大戦自体……いや、話が脱線しすぎるな」

ガルは何かを言いかけたけど、急に言葉を濁《にご》した。

咳《せき》ばらいをして話を切り替える。

「それで、だ。お前は瘴気の病を治せず悔しがっているみたいだが、そんなことできる聖獣は過去にもいないんだぞ」

「え？　普通の聖獣はみんな聖魔法を使えるんじゃ……」

だってガルは以前、「聖獣にはその名の通り、聖属性が求められる」って言っていた。

僕は聖魔法を使えないけど、体が聖属性の魔力で構成されているから聖獣として認められている。

僕の体がそうなっている理由は、ガルにもわからないらしいんだけどね。

「いやいや、数十年前までは、聖魔法による瘴気の病の治療なんて知られていなかったんだ。聖魔法が使えた聖獣でも、治療をしようとするやつはいなかったよ」

そっか、僕だけができなかったわけじゃないのか。

「お前の力は聖女に似ているからな。歯がゆさを感じるんだろう」

聖女の称号を持つ者は【聖浄化《せいじょうか》】というスキルの力で、周囲の瘴気を自分の体に取り込んで浄化する。

僕は放出されている瘴気を取り込んで浄化できるんだけど、人や魔物の体内にある瘴気を取り込むことはできない。

以前、ヴェルデからそう聞いていた。

ガルに質問する。

「ねぇ、僕がこの世界に来るのは想定外だったんだよね？」

「そりゃそうだ。お前がライルを追って世界の壁を越えるなんて、想定しようがないだろ？」

「僕がこの世界に来なかったら、聖獣はシリウスになるはずだったんでしょ。僕が聖獣でよかったの？」

「お前がいなかったらなんて、意味のない想像はやめろ。俺はお前を選んだんだ。そしてその選択は間違ってなかったと思っている」

「どうしてそう思うの？」

「それはお前自身が答えを見つけなくちゃ意味ないかもな」

わかんないから悩んでいるのに……

むくれた僕を見て、ガルが苦笑する。

「そんな顔するなよ。わざわざ呼んだんだから、ヒントをやるよ」

ガルは一度言葉を区切り、しゃがみ込んで僕に視線を合わせた。

「今よりずっと昔、聖獣には群れを作らない魔物が選ばれていた。理由はいろいろあったが、一番は群れる魔物は帰属意識が高い傾向にあるからだ。個の意志より群れの総意を優先しちまうからな」

「でも、シリウスたちシルバーウルフは違うよ」

「そう。あいつらは群れで暮らす魔物だ。俺が獣神になってからは方針を変えて、群れを作る魔物を聖獣に選ぶことにしたんだ。人間の協力が望めなくなった以上、広大な森を守るために数が必要だったからな」

それから千年以上、群れる魔物を聖獣に選んできたんだって。

「ヒントはここまでだ」

「それだけ？　それじゃあ全然わかんないよ」

「今すぐ答えを出す必要はないし、一人で考え込まなくていい。お前にとってはライルが一番大切なんだろうが、他にも仲間や友達がいるんだ。いろんな角度から、自分の目でこの世界を見ろ」

自分の目でってどういうことだろう。

「時間だな。大丈夫だ、お前なら答えを見つけられる」

ガルの言葉と共に僕は白い光に包まれて、次の瞬間には祠の中に戻っていた。

モヤモヤした気持ちは結局解決してないけど、ガルが僕を見守って、応援してくれていることはちゃんと伝わった。

外に戻って、ライルの帰りを待とう。

祠から出ようとした時、ガルにお別れの挨拶をしていないことに気付いた。

「心配してくれてありがとう。僕、頑張ってみるよ。次会えるのはいつなのかわからないけど、またね！」

僕は祠の中に向かってそう言って、ノクスのところに戻った。

◆

次の日。

ノクスは聖獣祭に向けて王都のメインストリートを改良している土の精霊、アーデに手伝いを頼まれて、彼のもとに行った。

だから、今日の森の見回りはシリウスと一緒だ。

彼と二人きりになるのは珍しい。

この機会に、先代聖獣のことを聞いてみよう。

僕は隣を歩くシリウスに話しかけた。

「ねぇ、シリウスのお父さんってどんな聖獣だったの？」

「どうしたんだ、急に？」

シリウスが怪訝《けげん》な顔をした。

確かにいきなりだったかも。

昨日の出来事を話して、「聖獣に選ばれた理由を考えている」って言えばきっと彼は協力してくれる。

でもここは澄《す》ましておこう。なんだか恥ずかしいからね。

「あんまり話を聞いたことがなかったから」

「そうだな……立派な長だったぞ」

「どんなお仕事をしていたの？」

「どんなって……別に変わったことはしていない。銀狼の生活は朝起きて、森を移動しながら狩りをして、日が落ちたら安全な場所で寝るだけの繰り返しだ。オヤジは【運行者《オペレーター》】の力で群れの状況を把握して、誰かに危険が迫れば近くのやつを援軍に送っていたよ」

「それは銀狼の長としてのお仕事だよね。聖獣として、何をしていたかわかる？」

「うーん……改めて聞かれると難しいな……」

僕の質問に困ったようで、シリウスは少し考え込んでいたけど、やがて思い出したように口を開いた。

「それならあそこに行ってみるか」

シリウスの先導で、聖獣の森を進んでいく。

僕が連れてこられたのは、森の中にある洞窟《どうくつ》。そこには一匹の狼がいた。

一見するとシルバーウルフと似ているけど、なんだか風格が違う不思議な狼だ。

「オヤジと仲がよかったシルバニアウルフのじいさんだ。もう年だから、ここで隠居《いんきょ》している」

シルバニアウルフは、シルバーウルフの上位種の魔物なんだって。

先々代の聖獣——つまりシリウスのおじいちゃんの頃から仕えていた長老さんで、群れの長がシリウスになった時に引退したらしい。

「ここに一匹で暮らしているの、寂しくない？」

僕が尋ねると、おじいさんは少し笑う。

「時々シルバーウルフたちが気にして訪ねてくれますから、十分です。そこのぼんくらは一回しか来ませんでしたけどね」

「悪かったな」

「別にいい。お前は森の外に出て、ライル様のために働いている方が性《しょう》に合うんだろう。わかりきっていたことだ」

シルバニアウルフのおじいさんは、シリウスにはちょっと厳しいみたい。

僕には優しい口調で話してくれるんだけどな。

「アモン様、このような場所にわざわざ来られたのは理由があるのでは？」

おじいさんに問いかけられて、僕は先代聖獣の話を聞きに来たのだと伝える。

「シリウスの言う通り、先々代も先代も森中を駆け回っておりました。目的は森の生態系の維持と、聖獣様の気を森中に充満させることでした」

「そっか……それなら聖獣は僕じゃなくても——」

「シリウス、アモン様と二人で話をしたい。お前は席を外してくれ」

僕の言葉を遮《さえぎ》るように、おじいさんがシリウスに言った。

「俺だけ仲間外れかよ……まぁいいか。わかったよ」

シリウスはちょっとだけ文句を言ったけど、すぐに洞窟から出ていった。

それを確認すると、おじいさんは改めて僕を見た。

「アモン様は、ご自分が聖獣様にふさわしいか悩んでいらっしゃるのですか？」

「うん。だって今の話なら、シリウスの方が聖獣に向いていたと思うんだ」

「どうでしょう。あいつは聖属性の適性がありません。進化時に属性が変わることもあるので、可能性がゼロだとは言い切れませんが」

「シリウスが聖獣になるって思ってなかったの？」

「昔はそう思っておりましたよ。かつては、銀狼こそが聖獣にふさわしいのだと信じておりました」

おじいさんが群れのみんなに誇りを持っていることが、その言葉だけでよくわかった。

懐かしそうに目を細め、彼が話を続ける。

「そういえば、シリウスの父……先代にも儂《わし》は今と同じ主張をしたことがありました。しかし、先代は『自分たちが聖獣になったのは、偶然銀狼の長が聖獣にふさわしかったというだけだ。銀狼の習性や寿命が森を維持するには適しているからなんだ』と言ってました」

習性と寿命？

「シルバーウルフの寿命はご存じですか？」

僕が首を横に振ると、おじいさんが説明してくれる。

「通常十五年前後です。魔物の寿命は魔力量の影響を受けるので、ライル様の従魔となった今の銀狼たちは、もっと長く生きるでしょうね」

十五年か……長いのか短いのか、僕にはよくわかんないな。

「先代やシリウスのようにフェンリルへ進化すると、三百年は生きると言われています」

それはきっと長いね。

シルバニアウルフの寿命は約二百年ほど。でも、おじいさんはもっと長く生きているんだって。

「銀狼は群れで行動します。群れのみなでこの広い森を維持しているのです」

それはガルも言っていたよね。

シリウスたち銀狼が力を貸してくれるから、僕も森の異変に気付きやすいわけだし。

でも話はそれで終わりじゃないようで、おじいさんはさらに続ける。

「群れを作る種族は、本来なら寿命が短いものなのです。その点、銀狼は上位種に進化すれば長命となりますから、聖獣様がコロコロ代わらずに済むというわけです。加えて銀狼は群れの個体数を維持する習性があります。だから、その長が森の頂点に君臨《くんりん》していても、生態系を壊す可能性が少ないのです」

へぇ、知らなかった。見た目は野性味《やせいみ》に溢《あふ》れたおじいさんだけど、話す内容は理知的だ。なんだか従魔術の話をしている時のライルや、従魔師のマルコとちょっと似ている。

「とはいえ、この分析は先代の受け売りです。普通の魔物はこんなこと考えないんですがね……先代は理屈っぽい話が大好きでした。きっと人間の友人から聞いたか、書物でも読んでいたんでしょうね。群れの前では話せないから、気心の知れた仲だった儂がいつも聞き役でしたよ」

「シリウスのお父さんは、本当に人間が大好きだったんだね」

「ええ。だからこそあいつは、聖獣となり、人との繋がりを絶たねばならないことに苦悩しておりました」

「どういう意味？」

「かつてのあいつは、こっそり群れを抜け出して人間と会うのが好きでしてね……しかし、聖獣になって以降はきっぱりやめてしまったんです」

銀狼の群れは代々人間の力を借りず、森を守ってきた。

聖獣になった時、シリウスのお父さんは群れのお手本となるために行動を改めたそうだ。

「その話はマサムネから聞いたことがあるよ」

マサムネは二、三年前に群れを抜けたシルバーウルフだ。

先代を尊敬していたマサムネは、「人間と距離を置く」というかつての方針と異なり、「人間と共にある」今の群れについていけなくて悩んでいたんだ。

でもある時、本当は先代も人間が大好きで、剣士になりたい夢があったんだって教えてもらったんだって。そこで彼は、先代の残した刀を頼りに旅に出た。

「マサムネはまだ帰ってきていないようですね。本当は誰よりもあなたとライル様を慕《した》っているんです。なのに一つずつ片付けないと前に進めない、そういう不器用なやつなんです。帰ってきたら仲良くしてやってくださいね」

「もちろんだよ。僕もライルも、また会えると思ってるんだ」

そう答えると、おじいさんは「ありがとうございます」と嬉しそうな声で言った。

「話を戻しましょうか。先代は聖獣となり、人間との繋がりを断《た》ちました。ですが一度だけ、こっそり人里に行ったことがあります」

「それはどうして?」

「亡くなった聖女マーサを弔《とむら》うためです」

聖女マーサ……ライルのおばあちゃんのことだ。

今から五十年以上前、彼女は身を挺《てい》してドラゴンゾンビの瘴気を浄化し、命を落とした。

「あいつが、花を咥《くわ》えて森の民の村に向かう姿を見ました。心から悲しんでいるのが伝わる背中でした」

その言い方に違和感があった僕は、おじいさんに質問する。

「人が死んだら悲しむのは、当たり前じゃないの?」

「儂は聖女の行いを尊いと思いましたが、悲しみはありませんでした。銀狼は人を食べません。向こうから攻撃してこない限り敵と見なしませんが、それだけの関係なのです。儂にとって、人間という種は、餌ではない生き物でしかないのです」

それが魔物にとっての普通なのかな。

僕には全然わからない感覚だ。

ライルのおばあちゃんと会ったことはなかった。それでも、死んじゃったって聞いた時は悲しいと思ったもん。

「儂はあいつのあとを追いませんでしたが、戻ってきた時に『人間の里に行ったのか』と咎《とが》めてしまいました。それに対する返事は、『俺はなんのために聖獣になったんだろうな』。そこでやっと気付きました。あいつは群れの仲間と森の平和、そして大好きな人間を守るために聖獣になったのだと」

シリウスのお父さんは、聖獣の使命を果たすことで、森のみんなと人間たちの生活を守っていた。その選択によって、大好きな人間のそばにいられなくなるとしても……

「アモン様はいかがですか？　この森に守りたいものはありますか？」

「あるよ」

「では森の外には？」

「うん。たくさんある」

どちらも僕の本音だ。

ライルとこの世界に来て、僕には大切なものがたくさんできた。

僕の返事を聞いて、おじいさんは満足そうに頷いた。

「ならば、あなたは間違いなく今代の聖獣様にふさわしい」

そう言われたんだけど、僕には意味がわからない。

「聖獣は森を守るべきなんでしょ。なのに僕は森の外にも大切なものがいっぱいあるよ。それなのに、どうして？」

先代は人間のそばにいることを諦《あきら》めて、聖獣の道を選んだのに。

聖獣として働くなら、僕も人から離れないといけないんじゃ……

「あなたはふさわしいのです。なぜなら……」

僕は身を乗り出して話の続きを待つ。

だけど、おじいさんは続く言葉をひっこめてしまった。

「……年寄りがすぐに答えを提示するのはよくないですね。何、そんなに難しい話ではありませんよ。きっとじきにお気付きになるでしょう」

結局お預けをくらってしまった。

だけど、少しだけ答えに近づいたような気もする。

「また来てもいい？」

「もちろんです。この森にあなたが立ち入れない場所などないのですから」

うーん。そういう意味で言ったんじゃないんだけどな。

頬を膨《ふく》らませた僕に、おじいさんが笑って語る。

「アモン様、時間は有限です。長く生きている儂でさえ、時が足りぬと思います。ですからあなたは、あなたの大切なものと共に過ごす日々を大切にするとよいでしょう。我々森で暮らすものはみな、常にあなたとライル様をそばに感じておりますよ」

そっか。僕を応援してくれるんだね。

その時、洞窟の外から声が聞こえてきた。

「おーい、アモン様。じいさんとまだ話してるのか？」

シリウスだ。どうやら待ちくたびれちゃったみたい。

「全くあいつは……昔から待つってことができないやつなんです。儂はいいですから、どうぞ行ってやってください」

呆れた口調のおじいさんに甘えて、僕は洞窟の外に向かうため背を向けた。

「いろいろ教えてくれてありがとうね。それから――」

僕は振り返って、おじいさんを見つめる。

「おじいさんも、僕にとって大切なものになったからさ。会いたくなったらすぐ来るね」

僕がそう言うと、おじいさんは頭を下げて伏せの姿勢になった。

返事はなかったけど、彼の尻尾がちょっとだけ揺れていた。

◆

しばらくして、今年も洗礼《せんれい》の儀《ぎ》の日がやって来た。

洗礼の儀――五歳になった子どもがステータスボードを授かる儀式だ。

森の民の村にある聖獣の神殿でも、年に一回行われている。

ライルも五歳の時に、この神殿でステータスボードを授かった。

洗礼の儀のあとには、儀式を終えた子とその家族が集まり、パーティーがある。

と言っても、この場所で洗礼の儀を受けられるのは森の民か貴族の子どもだけ。森の民の子どもなんてほとんどいないから、結局は貴族の子ばっかりになっちゃうんだ。

ライルも森の民の村で修業していた時は、長の孫として毎年参加していたんだけど……そういう畏《かしこ》まった場が好きじゃないから、大変そうだった。

王都で暮らすようになってから、ライルはパーティーには出ていなかった。でも、今年はわざわざ学園を休んで出席することになったんだ。

ライルが行くなら当然、僕とノクスだって参加する。

相変わらず僕にとって聖獣のお仕事がなんなのかはわからないけど、やっぱり彼の役に立ちたい。

何より、久しぶりにライルと長時間一緒にいられるのが楽しみだった。

ところが、久々に出たパーティーはなんだか雰囲気が変わっていた。

以前参加した時は、いろんな人が近寄ってきて僕を撫でてくれたんだけど、今回はそういうのが少なかった。

それどころか、僕を触っていた子が親に止められたり、「失礼をしてすみません」って謝られたり……

理由はなんとなくわかっていても、ちょっとだけ不満だった。

パーティーを終えた僕とライル、ノクスは、ライルのおじいちゃんであるシャリアスの部屋に向かった。

すでに部屋にはシャリアスと伯父《おじ》さんのフィリップ、ヴェルデ、そして王太子のマテウスが待っていた。

シャリアスが僕たちを労《ねぎら》う。

「久々のパーティーで疲れたんじゃないかい？」

「ちょっとね。でもアモンが一緒にいてくれたおかげで、ぐいぐい来る人は減ったから」

ライルが右手で僕を、左手でノクスを撫でながら答えた。

「聖獣様に近づくのは畏《おそ》れ多いと感じたんだろうね。特に、聖獣様の神殿での洗礼を希望する貴族は、信仰が厚い者ばかりだから」

やっぱりそういうことだったんだ。

聖獣だからって距離を取られるのは寂しいんだけど……きっと仕方ないんだよね。

「でもアモンが聖獣であることは、伯爵《はくしゃく》以上の上級貴族にしか明かしていないはずです。今日来てたのは子爵《ししゃく》や男爵《だんしゃく》の方が多かったように見えましたが」

そう話したライルに、マテウスが首を横に振る。

「ライルくん、残念ながら貴族は一枚岩ではないんだ」

「情報が漏れているってことですか？」

「うん。箝口令《かんこうれい》を敷《し》いたって、結局は同じ派閥《はばつ》の下級貴族に情報が流れる。そうなれば耳が早い者たちは必ず嗅《か》ぎつける」

「それでいいんですか？」

「ああ、大丈夫だよ。どこまで漏れるか計算して、情報を出しているから。ライルくんも将来のためにやり方を覚えておくといいよ。貴族になったら役に立つ」

マテウスの話は僕には難しい。

けど、愛想笑《あいそ》いを浮かべたライルが『貴族になんかならないぞ』って心の中で思っているのはわかった。

「少なくとも、今日ここに来た者はよからぬことを企《たくら》んでいるわけじゃなさそうだ。彼らはみな、聖獣様を敬っている。それが判明しただけでも来た甲斐があったね」

「そんなこと言って……王太子が王都を離れてばかりいると、ルイに負担が掛かるんじゃないの？　もうジーノだっていないんだから、何かと大変だろう」

フィリップは、第二王子で財務卿《ざいむきょう》のルイと仲良しなんだって。

だからマテウスのせいで、彼が苦労していないか心配みたい。

「俺が不在でも、ルイなら大丈夫。もともとジーノは訓練ばかりで、執務《しつむ》のほとんどは近衛騎士《このえきし》団長のオーウェンがしていたくらいだ。あいつがいなくても影響はないよ。ただ、王城や軍の雰囲気は相変わらず沈んでいるかな」

昨年起こった瘴魔石《しょうませき》を使った事件で、バーシーヌ王国の第三王子にして軍務卿《ぐんむきょう》だったジーノは、悪いやつらに狙われて殺されてしまった。彼はお馬鹿ではあるけど人気者だったから、王城の人たちは悲しんでいるみたいだ。

そんなジーノだけど、実はひょんなことから王家に伝わる秘宝、ザラキエルの鎧に魂が移り、魔物となって生きている。胴体は悪い人に持ち去られてしまって、鎧と生首の状態になっているのに、当の本人が全然気にしていないんだよね……

今も、ライルの【亜空間《あくうかん》】で新たに始まった魔物生を謳歌《おうか》しているんだよ。おまけにライルの従魔になっちゃうしさ……全く、困っちゃうよね。

この部屋にいる人たちはこうした事情を知っているから、ジーノの扱いが雑だ。

とはいえ、これは内緒の話。公《おおやけ》には死んだことになっている。

「今更だけど、本当に情報を小出しにするようなやり方でよかったの？　秘匿《ひとく》している情報があとから知れれば、そのまま王家への不信に繋がるんじゃないか？」

「意地悪言わないでくれよ、フィリップ。俺だってこれがベストだなんて思っていないさ。だけど今明かせるのはアモンが聖獣様であることまでだ。それこそ全部明かせば……」

マテウスはちらりとライルを見て、言葉を切った。

その時、ドアがコンコンとノックされた。

入ってきたのは背筋をピンと伸ばした真面目そうな男の人と、優しそうな女の人だ。

「娘のゼフィアが、お世話になっております」

そう言った二人は、僕たちに向かって深々と頭を下げた。

この人たちはコラット伯爵夫妻だ。

彼らは今日、息子の洗礼の儀で来たんだって。

息子と言っても、血の繋がりがない養子だ。

昨年の事件で、コラット伯爵の弟、デンバーが死んだ。

貴族は国から領地を預かる者として、不測の事態に備える必要がある。以前から、いつでも養子を迎えられる準備はしていたみたい。

養子を迎えた経緯を伯爵が語っているけど、僕はもっと別のことが気になったから、こっそりライルに【念話《ねんわ》】で話しかける。

『ねぇ、ライル。コラット伯爵、娘のゼフィアって言ってたよね？』

風の精霊ゼフィアは、フィオナの身代わりにされてしまった友人、リーナの「学園に通う」という夢を叶えるために、リーナのふりをして暮らしていたんだ。両親であるコラット夫妻や、仲間である聖獣の森の元素精霊たちにも黙っててね。

リーナはリグラスクに救われて生き延びた。ただ、ヴァンパイアになってしまったせいで、なかなかバーシーヌに帰ってこられないんだ。

攫《さら》われたリーナの代わりをゼフィアがしていたものの、伯爵たちは娘が本物じゃないことをずっと前から分かってたらしい。

先の事件のあと、ゼフィアとコラット夫妻はそのことをお互いに打ち明けた……はずなんだけど、彼らは今はっきりとゼフィアを娘と言った。

『うん。俺も気になった。ゼフィアに、両親にはちゃんと真実をお話ししたから大丈夫ですって言われてたけど、どんな話をしたのか心配だったんだよね』

『でもこの感じなら教えてくれそうじゃない？　ライル、ちょっと聞いてみてよ』

風魔法で僕がお話しできることは、まだみんなには内緒にしてほしいってマテウスから言われているんだ。

やり方が広まると、悪用されちゃうかもしれないからね。

だから、ここはライルにお願いしよう。

「ゼフィアが事情を説明したようですが、そのあとお変わりありませんか？」

「家族しかいない場では、彼女の本名を呼ぶようになりましたが、それ以外は変わらず接していますよ。主人はあの子が森の精霊様だと知った時は少しだけ恐縮していましたが、精霊様ではなく、私たちが共に過ごしたゼフィアに向き合うと決めたんです」

奥さんに肘《ひじ》で突《つつ》かれた伯爵が、頭をポリポリと掻きながら口を開く。

「私にとって、精霊様は聖獣様と同じ、森を守る伝説の存在です。そんな方が娘のふりをしていたとは信じがたくて……とはいえ、私の信仰が原因で娘と離ればなれになるようなことは、もう二度とごめんです」

自分の信仰が原因で……とは、本物のリーナのことを指しているんだろう。

リーナは【聖浄化】という特別な力を持っていた。

彼女は自分の力がバレたら、お父さんに神殿に入れられてしまうと考えて、スキルを隠したんだ。その嘘が彼女の叔父《おじ》、デンバーを含む悪い人たちに利用されて、結果的にフィオナの身代わりにされるという事件に繋がってしまった。

「奥方に神託《しんたく》が下っていて娘の無事を知っていたとはいえ、リーナのふりをする者が現れて不安だっただろう？」

確か、リーナが誘拐されてすぐの頃、かつて神殿で巫女《みこ》をしていた夫人に神様が入れ替わりを教えてくれたんだっけ。

伯爵は背筋を伸ばしたまま、シャリアスの方に体を向けて答える。

「神の御言葉でしたから、信じるより他になかったんです。しかし、こんなに長い間離ればなれになるとは思っていませんでした」

「神託は、数年前にリーナが攫われた直後と、昨年デンバーが死んだ時の二度だけですか？」

「はい。ライル様のおっしゃる通りです。神を疑うつもりはなかったものの、日を重ねるごとに不安が増したのは事実です」

言うだけ言って全然連絡してこなくなっちゃうのは、輪廻の神のカムラと一緒だな。

なんて思ってライルを見上げたら、目が合った。

二人で頷き合う。

【念話】しなくても通じ合ったみたいで嬉しい。

お話しできなかった前世では、これが当たり前だったなぁ。

「今日までやってこられたのは、ゼフィアのおかげです。彼女が隠し事をしていたにせよ、リーナや私たちのために一生懸命なのは、神の御言葉などなくても明らかでしたから」

伯爵に続き、夫人も口を開く。

「だから、ゼフィアはリーナの代わりではなく、私たちのもう一人の大切な娘なんです」

「いつかリーナも帰ってきます。その時には娘たちと息子と、家族五人で食卓を囲めると信じております」

伯爵夫妻が僕とライルに向かって頭を下げた。

「お二人の崇高《すうこう》なご使命も、聖獣様の森の精霊であるゼフィアの立場も理解しております。私たちも微力《びりょく》ながらお支えする所存です。しかしどうか、今後も彼女との変わらぬ関係を続けさせてはいただけないでしょうか」

もちろん、僕たちは喜んで了承した。

精霊だって従魔だって、みんなそれぞれの幸福を大切にしてほしい。

みんなが幸せだと、僕も嬉しい。ライルだってきっと同じだ。

ゼフィアに関するお話が終わって、次はデンバーがどうして幼いリーナの誘拐に加担したのかという話題になった。

ライルによると、コラット領主の座が欲しいなら、普通は娘のリーナじゃなくて当主の伯爵を狙うはずなんだって。

「弟がああなってしまった原因は私にもあるのです」

まず、伯爵はそう切り出した。

「コラット家は私の父の代まで、代々、人界侵略論《じんかいしんりゃくろん》を唱えてきた一族でした」

「その中でもコラット家は完全純血派《かんぜんじゅんけつは》だったね」

シャリアスが付け足したけど、僕にはわからない言葉が多すぎる。

『ライル、人界侵略論と完全純血派って何？』

『古代神話では、人界、魔界、精霊界の三つの世界が融合《ゆうごう》して、今の世界が生まれたって伝わっているだろ？　人界侵略論は、三つの世界が融合したんじゃなくて、人界が魔界と精霊界に侵略されてしまったんだって思想だ。人族以外は敵だと見なす過激な考え方だよ。完全純血派は、その中でも純粋なヒューマン以外は認めない差別主義者。亜人族でさえ冷遇《れいぐう》するんだってさ』

僕の質問に【念話】で答えてくれたけど、口調が冷たい。

ライルは、前世の時からこういう差別の話が大嫌いだった。

他人の精神を汚染するスキルを悪用したトーマスとの一件があって以来、負の感情を表に出さないように気を付けているから、みんなにはバレていないと思うけど……

伯爵がさらに言う。

「私はその思想に反発しました。人族と他の種族に違いなどありません。まして、亜人族の血を引いている者は人族と認めないだなんて馬鹿げている」

「何かそう考えるきっかけがあったんですか？」

間髪《かんはつ》を容《い》れずに聞いたライルに、みんなの視線が集まった。

なぜか伯爵の耳が赤くなる。

僕はライルと一緒に首を傾げたんだけど……ノクスが『ライルって時々鈍《にぶ》いよね』なんて僕に言ってくる。

「えっと、それはですね……」

「ふふふ、夫は王立学園に入学してすぐの頃、医療ギルドで働いていたハーフエルフの女性に恋をしたんです」

言いにくそうな伯爵の代わりに、夫人が笑いながら答えた。

そういうことか。伯爵が恋をしたのはまだ王都で働いていた頃のリナ……ライルのお母さんだ。

そういえば、コラット伯爵は彼女の大ファンなんだった。リナにちなんで、娘にリーナって名付けるくらいだもんね。

伯爵が聖獣を信仰しているのも、この初恋と親への反抗心がきっかけだったみたい。

「すみません。奥様の前で答えづらい質問を……」

ライルが伯爵に謝っている。ただ、夫人の方は全然気にしていないみたいだった。

「どうぞお気になさらないでください。実は、私の曾祖母《そうそぼ》は森の民と人間の間に生まれたハーフエルフだったそうなんです。だからリナ様には勝手に親近感を抱いていて……私は、森の民の出でありながら王都で大活躍した彼女のファンなんです。思い入れなら主人にだって負けません」

むしろ、リナという共通の話題で二人は距離を縮めたんだって。

伯爵が苦笑いして語り出す。

「妻と出会った頃には、私は家との縁を切っていました。ですから彼女との結婚もリーナの出産も報告していなかったのですが……どこかから聞きつけたのでしょうね。父が私のもとを訪ねてきたんです。私が警戒している横で、妻は平気でリーナを抱かせてしまいましてね。そうしたら愛らしい孫娘を見て、父は満面の笑みを浮かべて……それから、何かにつけてあの子に会いに来るようになったんです」

シャリアス、そしてバーシーヌ国王のハンスに次ぐ、ジジバカさんの登場だ。

伯爵の話にシャリアスはすごい勢いで頷いているし……おじいちゃんって、みんなこうなのかな。

「そうして我が家を訪れているうちに、人界侵略論を唱えていた父の思想は自然と変化していきました。しまいには『コラット領に帰って一緒に暮らさないか』なんて言い出したんです。一度は家を捨てた身ですから、初めは断りました」

「でも最終的には君が家督《かとく》を継《つ》いだよね。どうしてだい?」

シャリアスが尋ねると、伯爵は悲しそうな顔をした。

「デンバー……弟の代わりです。コラット家に残った弟は、徹底して純血主義の教育を施されました。出奔《しゅっぽん》した私の二の舞にならないよう、学園も退学させられて……それなのに、父は思想を捨てたんです。弟にしてみれば、裏切られたように感じたんでしょう。父と反するように、彼の考えは過激になっていきました。そして道徳観念さえも失った発言をし、それを領民にも説くようになってしまった。とても領地と民を預けられるような状態ではなくなっていました。だから私は自分が領主を継ぐべきだと思ったんです」

デンバーがどんなことをしたのかは、誰も聞かなかった。

きっとすごくひどい内容だっただろうことは、コラット夫妻の沈んだ顔を見れば明らかだったからだ。

「でも弟をここまで追い込んでしまった責任は、私と父にあるのです。私がコラット家から逃げたせいで、彼は抑圧されてしまった。それに父がもっと早くくだらない思想を捨てていれば、こんなことにはならなかったでしょう」

「どんなに道徳から外れていようと、本人にとっては大切な信念や理想だったんだろうね。一度正しいと信じたものを覆《くつがえ》すのは、誰にでもできることじゃないよ。エルフだって、昔は排他《はいた》主義だったんだ」

伯爵の話を聞き、シャリアスがフォローした。

森の民の村で暮らすエルフにも、人間は森の侵略者だって考えていた時代があったんだって。

「デンバーは、リーナのせいで全てが狂ったと考えたのかもしれないね。その悪心にトーマスたちがつけ込んだ。本人が死んだ以上、もう確認することはできないけど」

フィリップがそう言うと、その場は静まった。


そのあとしばらくお話をして、伯爵夫妻は退出した。

マテウスとフィリップもお仕事があるとかで、部屋を出ていった。

残った僕たちは、ヴェルデが準備してくれた軽食を食べ、一息つく。ライルとシャリアスは椅子に座ってお茶を飲みながら、今までの話を振り返っていた。

「でも驚いたよ。まさか森の民の子孫がコラット家にいたなんて。ライルは知っていたのかい？」

「実は僕、ゼフィアから少し聞いてて……ここだけの話にできる？」

「秘密のお話かい？　ライルとの隠し事なら大歓迎だよ」

うちのジジバカさんは相変わらずだ。

「アモンとノクスも秘密にできる？」

「うん！」

「もちろん！」

僕とノクスは元気よく返事をした。そもそも、僕らがお話しできるのを知っている人って、あんまりいないしね。

みんなを見渡して、ライルが口を開く。

「ゼフィアは正体を隠していたせいで、あんまり伯爵夫妻に家族のことを聞けなかったんだって。『前に話したでしょ？』って言われたら困るから。夫人のひいおばあさんの話も最近知ったみたいなんだけど……ゼフィアの容姿がリーナさんと似ているのも、それが関係していそうなんだ」

「どういうことだい？」

「ゼフィアが【実体化】した姿……リーナとして学園で生徒会長を務めている時のものじゃなくて、彼女本来の、五歳くらいの少女の姿。あれは昔、聖獣の森にいた女の子の見た目を真似しているらしいんだ」

「真似？　精霊の姿ってそうやって決まるのかい？」

シャリアスに聞かれて、ヴェルデが答える。

「いえ、本来は己が自我をもとにゆっくりと作り出すんです。しかし、彼女は森の外へ出て情報を持ち帰ることが役目。少しでも早く実体を得て使命を果たそうと、そうした手段を選んだようですね」

ヴェルデや他の元素精霊たちのように、肉体を持たない精霊にとって、【実体化】は自分の存在を安定させるためにすごく大切なんだって。

ゼフィアみたいに他人の姿を使っちゃうのは、とても珍しい例らしい。

シャリアスがヴェルデに尋ねる。

「確かゼフィアの仕事って、森の外から情報を運んでくることだよね。そんなに急がなくちゃいけないくらい、外部の情報は大切なのかい？」

「情報もさることながら、ゼフィアが外に出て森に戻ってくるという行為そのものが重要なのです。彼女の存在によって外の気が吹き込まれ、森全体の気が活性化しますから」

部屋の空気が悪くならないように、換気する感じかな……

僕が考えている間も、ヴェルデの解説は続く。

「ゼフィアは、聖獣の森を守護する四体の元素精霊の中で、最後にやって来た精霊です。当時の情勢も相まって、早く仕事を始めた方がよいのは事実でした。まさかそんな方法を取っていたとは、ライル様にお聞きするまで気付きませんでしたが……」

三人の会話に耳を澄ましていたら、僕はピンときた。

「もしかしてゼフィアが姿を真似した女の子って、リーナのご先祖様――コラット夫人のひいおばあちゃんじゃない？」

「ゼフィアから聞いた限り、時期やその子がハーフエルフだった事実は一致するんだけど……確かめるには情報が足りないみたい。でも、本人は証拠がなくても確信しているっぽいよ」

ライルの説明を聞いて、シャリアスが頷く。

「へぇ、きっと縁《えん》が巡ったんだね。となると、わざわざ秘密にせずともいい気がするんだけど……」

「ゼフィアに『特にコラット夫妻には言わないで』って頼まれているから話したらダメだよ、おじいちゃん」

「でも、なんで隠したいんだろうね？」

ノクスが首を傾げて呟いた。

お座りしている僕を撫でながら、ライルは言う。

「多分、ひいおばあさんの姿だってバレたら、娘扱いしてもらえなくなるかもって心配してるんじゃないかな」

「そんなに不安になることかなぁ。子どもがおじいちゃんやおばあちゃんに似るのって、よくある話じゃない？」

「まぁ、おじいちゃんの言う通りなんだけどさ。もともと複雑な事情があるわけだし、変なことを言ったら今の関係が壊れちゃうかもって不安にもなるんじゃないかな」

きっとライルは、自分とゼフィアを重ねているんだろうな。

前世の記憶があること、僕たち従魔と友達のマルコ以外には、まだ内緒にしているもんね。

お茶を飲んで、ライルが立ち上がった。

「僕、そろそろ寝るね。明日の朝にはここを発《た》たなきゃ。今回は陸路で来たから、帰りもそうしないといけないんだ」

いつもならエレインの【湖の乙女】の力で移動するところなんだけど、転移ができることは一部の人たち以外にはまだ秘密の話なんだ。

普段は王都にいる貴族も、この洗礼の儀に来ている。ライルがその日のうちに王都へ帰っていたら、さすがにおかしいと思われてしまう。

最近では学園にいたはずの日にトレックで見かけたなんて噂が流れたこともあって、転移するのも慎重にしているんだ。

だから今回は、僕がライルの足だ。

僕はライルを乗せて走れるのが嬉しいから、ちょっとラッキー。

孫がすぐ帰ってしまうと知り、シャリアスは残念そうにしている。

「せっかくこっちに来たんだから、少しゆっくりしていったらいいのに」

「またすぐ来るよ。それに、向こうでやらなきゃいけないことが山ほどあるからさ」

「聖獣祭の準備以外でも忙しくしているそうだね。フィリップから話は聞いてるよ」

「うん。今は目立って動くべき時じゃないからこそ、できることはしないとね」

去年、僕らは王家の秘宝で他の瘴気封印の地の現状を目《ま》の当たりにした。

ライルはいつか他の封印の地まで足を運ぶことを見越《みこ》して、準備をしているんだと思う。

それに瘴魔石を作る謎の組織も、トーマスをはじめとする一部の構成員は捕まえたけど、まだ逃げている人もいるんだ。

そっちが解決していないことも、ライルは気になっているみたい。

はっきりと答えたライルを、シャリアスが眺める。

「ライルはなんだか変わったね」

「え、僕のどこが？」

「小さい頃は、大きくなったら自然に囲まれて家族と一緒に暮らしたいと言っていただろう？　今じゃ家族揃ってゆっくりするどころか、僕よりも忙しそうだよ」

そこで一度黙ったシャリアスだけど、困ったような顔をしてためらいがちに続ける。

「別に変化するのは悪いことじゃないんだよ。でもちょっとだけ寂しくなっちゃって」

「何言ってるの？　今だってトレックで家族とゆっくり暮らしたいよ。そのために頑張っているんだ」

シャリアスの言葉を聞いて、ライルはムッとしたみたいだ。

珍しく、強い口調で話している。

「去年の一件で瘴気封印の地の状況を知ったでしょ。各地で戦っている人がいるんだ。このままじゃ、いつまで経ってもゆっくりなんてできないよ。母さんの診療所には絶えず瘴気の病になった患者さんが来るし、父さんは新しく村に来た人の面倒を見ている。おじいちゃんたち森の民だって、シルバーウルフと一緒に聖獣の森を警備するのに忙しいんでしょ？　だったら僕が早くこんな問題片付けるしかない」

「でも神様から力を求めてはいけないって言われたんだよね？　普通にしていればライルなら瘴気の問題を解決できるからって」

「そうだけど……今ですらみんな大変そうなんだよ。仮に僕が五十年後に世界を救えたとして、その間にどれだけの人が死んでいくの？」

強気に言い張るライルに、シャリアスが眉を寄せた。

「ライルの言う通りだ。でも、それは神様だってわかっているはず。君ばかりが責任を負う必要なんてない」

シャリアスはマーサおばあちゃんのことがあるから、ライルが瘴気を浄化するために無理をしないか心配なんだろうな。

強い言葉から、必死な思いが伝わってくる。

そんなおじいちゃんの気持ちを察して、ライルもちょっと勢いを落とし、言葉を選んで言う。

「……僕はね、家族と一緒に暮らしたいんだよ。それっておじいちゃんや父さん、母さん、フィリップおじさん、アモンやノクス、従魔のみんなも一緒ってことなんだ」

うん。そうだね、一緒がいい。

ノクスも僕と同じ気持ちなのか、僕の頭の上で頷いていた。

「自分を犠牲に世界を救えばいいだなんて考えてないよ。死んだあとで会いたかった人と再会するとか、来世ではまた家族になれるみたいなご褒美《ほうび》を用意されても、僕はいらない。でも神様って人と価値観が違うから……僕をマーサおばあちゃんに会わせたのも、おじいちゃんたちに僕のことでいろいろ迷惑をかけてるからだって言ってたし。まぁ、会えたのはすごく嬉しかったけどさ」

最後はちょっと茶化《ちゃか》すようにライルが締めくくった。

シャリアスはライルの言わんとしていることに少し納得できたみたいで、表情を和《やわ》らげる。

「そうだね。僕もマーサにいつか会いたいって思っているけど、それは彼女が死んで失われたものの代わりには決してならない」

僕はどうするんだろう。ライルがまた別の世界に行っちゃったら、追いかけるのかな。

今度は僕のことなんて覚えてないかもしれない。それでも……

答えの出ない問いに胸がキュッとなって、それ以上考えるのを止めた。

「それにしても僕の孫はすごい子だ。ずっと誰も解決できなかったことを解決しようとしている」

「まだ何をしたらいいかも、全然わからないんだけどね。それでもできると思うしかないよ。さっさと終わらせないと、僕は自分の望むスローライフをいつまで経っても楽しめないもん」

胸を張って答えたライルが、僕を見下ろした。

『アモンも、早く昔みたいにゆっくりしたいよな』

そう【念話】しながら僕を撫でるライルの笑みは、蓮の頃と変わらない。

彼の顔を見て、僕は自分が感じていたモヤモヤの正体に気が付いた。

◆

洗礼の儀から数日が経過した。

白くて殺風景《さっぷうけい》な広い部屋。片隅《かたすみ》にはピアノだけが置かれている。

何もない部屋の中で、鎧の騎士と三匹の狼が戦っている。

狼を指揮するのは、二ヵ月ほど前にハティっていう魔物に進化したギンジ。

残る二体は全身が真っ黒で、目もふさふさした毛もない不思議な狼だ。

ギンジと黒狼たちは、連携《れんけい》して純白の鎧――お馬鹿王子のジーノに立ち向かう。

ジーノは鎧の体になってから、人間だった頃に比べて弱くなっちゃったみたい。最近はこの【亜空間】で、いつもトレーニングしている。

頭は、自分の体……鎧と狼たちの戦いを眺めるように地面に置かれている。

「ご飯持ってきたよー」

僕の声に、鎧と狼たちは戦闘を止めた。

鎧に頭を抱えられて、ジーノがこっちに向かってくる。

「もうそんな時間かー。あれ？　今日はアモンとノクスが来たの？」

「うん。医療ギルドのマスター……アンジェラに、ライルは連れていかれちゃったから」

「ふーん。あ、今日はスケイルブルのステーキだね！」

ライルがいない理由より、昼食のメニューに興味があるみたいだ。

まぁ、外の事情を教えてあげるのは面倒だから、いいけどさ……

ここは魔法で作った【亜空間】に、ライルの共生スキル【シェルター】を合わせてできた特別な場所。

死んだはずの第三王子が魔物になっているなんて絶対にバレちゃいけないから、ジーノはここに

ずっと閉じこもっている。

普段はライルが【亜空間】を開いて、彼かヴェルデがご飯を持ってくるんだけど……たまにこうして僕が代わりを務めている。

僕はチマージルでの冒険を経て、ライルの【亜空間】に自力で出入りできるようになった。

ライルからあんまり離れちゃうとできないけど、お互いが王都内にいるくらいの距離なら大丈夫。

肝心《かんじん》の【亜空間】に入る方法なんだけど……まずフェルと力を合わせて白い炎を纏《まと》い、僕が自分の領域を作る。

この状態なら、僕が持つユニークスキル【透徹《とうてつ》の清光《せいこう》】の効果が領域内の人たちにも表れる。

【透徹の清光】は物体をすり抜ける能力だ。

これが不死鳥の島での経験によって、少し強くなったみたい。距離制限はあるけど、隔てられた別の空間にも入り込めるようになったんだ。

今日はこのやり方で、ノクスと一緒にここに来た。


「だいぶ人間の頃の戦闘感覚が戻ってきたんじゃない？」

食事を終えたジーノに聞くと、口を拭《ふ》いた彼が答える。

「最初よりはマシかもねー。でもまだまだ実戦レベルじゃないよ。何よりこの頭が問題だよね」

ジーノが浮かせた頭を上下に動かしてみせた。

かつて彼と冒険者パーティを組んでいたヒューゴとリナ……特にリナが聞いていたら、「そうね、そのへらへらした顔は問題ね」とか言いそうだけど、今言っているのはそういうことじゃないんだろうな。

「俺、双剣使いだからさ。頭を持って戦うわけにもいかないし、さっきみたいにそこら辺に置いといたら敵に狙われちゃうしね。だから、ライルに教わった【グラビティコントロール】の魔法でこうやって浮かせる練習をしているんだけど、これ難しいんだよね」

「鎧に括《くく》り付けといたらいいんじゃない？」

ノクスがアドバイスをすると、ジーノが残念そうに言う。

「一回やってみたけど、長時間戦っていると吐《は》きそうになるんだ。俺って昔から馬車とか酔いやすくてさ……絶対酔い止めの薬飲んでたもん」

『戦えばあんなに強い人が、乗り物に弱いなんて面白いっすよね』

「体がないのに吐きそうになってることの方が不思議だよ」

【念話】したギンジに続いて、ノクスも言った。

二人の発言に頷いたあと、僕はさらに尋ねた。

「鎧と頭、どっちの視点でも戦えるように練習しているんだよね？　そっちは？」

「まだ上手くできない。頭部の目をしっかり瞑《つぶ》れば、視点が鎧の方に切り替わるんだけど、一緒に見ようとすると混乱するんだ。ライルの【並列魔法】みたいに、俺も意識的に複数のことが同時にできればいいんだけど」

「それは難しいってヴェルデから言われているんでしょ？」

「うん。俺には向いてないって。馬鹿だからかな?」

そうだと思う、とは僕もさすがに言わないであげた。でもノクスとギンジの表情から、彼らも同じ思いであることが伝わる。

ギンジがそっと発言する。

『頭よりも感覚で戦うタイプだから、その長所を取り戻した方がいいってことっすよ』

「それもそうだね。早く前の感覚に戻したいなー」

ギンジ、ナイスフォロー!

最近ジーノと一緒にいるからか、彼との付き合い方がわかってきたみたいだ。

「オーウェンが俺の生首を持って帰ってきちゃったからこんなことになったんだよね。喋れるのと食事ができるのは嬉しいけど、それ以外はなんの役にも立たないんだもん。しかも鎧とあんまり離れられないし……切っても切り離せないってこういうことかな」

自分の頭を役立たず呼ばわりとは、さすがジーノだ。

ライルの従魔になった時も、慌てる僕たちのことなんてそっちのけで「面白ーい」って言ってたし。

ステータスボードを確認すると、彼の種族はリビングアーマーになっていた。

なんと、頭……生首は装備扱いなんだ。

「解除できない装備なんて呪いのアイテムじゃん」ってライルが言ってたな。

それに、解除できないものは他にもあった。

勝手に結ばれちゃったライルとジーノの従魔契約も、なぜか破棄《はき》できないんだって。

息子の従魔にお馬鹿王子が加わることを知ったヒューゴは、すっごく怒って大変だった。

魔物になったジーノは相変わらずへらへらしているけど。

「物に宿っているって点では、フェルも一緒だもんねー。生きてる装備同士、仲良くしようね」

今だってこうしてフェルに呼びかけているんだ。

僕の足輪から炎が出て、ジーノの顔をちょっと炙《あぶ》った。

「そんなに喜ばなくていいのに」

ジーノが笑いながら言う。

足輪に宿ったフェルから、僕に感情が伝わってくる。

喜ぶどころか、とっても不満そうだ……僕は話を逸《そ》らすために、ジーノに別の質問をした。

「ずっと鍛錬ばかりで辛くない？」

「全然。軍務卿だった時も、基本的に僕の仕事は鍛錬だけだったし」

それはジーノがやるべき実務のほとんどを、オーウェンがこなしていたからなんだけど……

頭を持ってきたことも悪く言われちゃってたし、オーウェンは本当にかわいそうだ。

「辛いのはギンジじゃない？　加減を知らないジーノに合わせて、ずっと訓練しているんでしょ？」

食べ終わった骨を大事そうに抱えているギンジに、ノクスが聞いた。

ギンジが苦笑して答える。

『今のところはなんとか耐えてます。何よりも早くこいつらに強くなってもらわないといけないっすから』

こいつらっていうのは、ギンジと一緒に戦っていた黒い狼たちのことだ。ハティに進化したギンジはユニークスキル【月影写し《つきかげうつ》】を獲得し、満月の夜に影から狼を生み出すことができるようになった。

生み出した狼は、そのあといつでも自分の影の中から呼び出せる。影狼《かげろう》の戦闘能力は、鍛錬次第なんだって。

「この狼って、切られたり刺されたりしても影に戻るだけなんでしょ？　すっごく便利な力だよね」

ノクスが呑気《のんき》にコメントすると、ギンジが顔をしかめた。

『そもそも生きてるわけじゃないっすからね。ただ、この黒い狼が影に戻ると、俺にもこいつらの受けた攻撃のフィードバックがあるんすよ。それが結構痛くて……まさに諸刃《もろは》の剣《つるぎ》っす』

「また痛みに慣れる特訓が必要かな？」

ジーノが言った瞬間、ギンジはビクッとして尾を垂れた。


【亜空間】を出ると、僕の頭の上に乗ったノクスが顔を覗き込んできた。

「ねぇ、アモン。なんで今日、食事を持っていくのに立候補したの？　アンジェラがライルを呼びに来たのは本当だけど、ご飯を運ぶ時間くらいは待っていてくれたと思うよ」

「そうだけど……」

「それに、最近何か考え込むことが増えたよね。多分、ミシカの誕生日のあたりからだ。悩み事があるんじゃない?」

一緒にいる時間が一番長い弟分には、僕が悩んでいるのなんかバレバレだったみたい。

「実は——」

事情を話しかけた時、僕は屋敷の玄関にお客さんがいることに気が付いた。

ノクスと一緒に様子を見に行こうとしたんだけど……

『アモン様、今は玄関に近づかないでください』

【念話】を飛ばしてきたのはヴェルデだ。

『何があったの?』

僕が聞くと、ヴェルデは答える代わりに【感覚共有】を始めた。

彼の視界に映っていたのは、三人の男の人だった。

「だから何度も言っているだろう!? 聖獣様と会わせてくれ!」

「今はこちらにはいらっしゃいません」

そのうちの一人に詰め寄られながら、ヴェルデが冷静に返した。

「そんなはずはない。明け方、王都の外からライル様と共にお戻りになったのを確認しているんだ」

そのやり取りで、僕はこの人たちの目的を理解した。

きっと僕と話がしたいんだな。

昨年、トーマスの事件を受けて、僕の正体を明かす説明会が開かれた。

それには上級貴族の他に、ギルマス、そしてライルが通う王立学園の関係者も招《まね》かれた。

洗礼の儀では遠巻きにされていた僕だけど、中には「聖獣様と話がしたい」と、こうして押しかけてくるような貴族もいる。おかげで、僕は王都を出歩きづらい。

今朝は忙しいライルが早起きして、一緒にスケイルブルを狩りに行ったんだ。

人がいない時間帯を狙って、わざわざ起きてくれたのに……

『申し訳ありません。本来は門の中には通さないのですが、屋敷の外で騒ぎ始めたので。それに私も物申《ものもう》したいことがあったので、玄関まで来てもらいました』

僕にそう説明するヴェルデだけど、彼がお客さんに怒るなんて珍しい。

「いいから、屋敷に入れろ。応接室まで通すのが礼儀だろう」

「お客様でもない方を、お通しするつもりはありません」

譲らないヴェルデに、相手もイライラしてきたみたいだ。

自分の後ろに立っていた連れの男性を示し、言い募る。

「この方はアカッテ伯爵だぞ。お前はライル様の従魔の精霊らしいが、召使《めしつか》いごときがそんな対応していいと思っているのか」

「よしなさい、君。この精霊様は――」

アカッテ伯爵の制止を、ヴェルデが遮った。

「『召使いごとき』ですか……」

ヴェルデの言葉と共に、屋敷がミシミシと鳴る。

玄関の柱や床板から、男たちに向かって枝が伸びた。

「私は、長年聖獣様の祠をお守りしてきた大樹から生まれた精霊です。ライル様とアモン様に仕えることこそ我が使命。これ以上の勝手は聖獣様の森への冒涜《ぼうとく》とみなしますが、よろしいのですか？」

その宣言に男が震え、歯切れ悪く言う。

「……いや、そのようなつもりはなかったのだ。まさかあなたがそんな存在だとは……」

その様子を見て、ノクスが辛辣《しんらつ》に言う。

「あいつ、馬鹿だね。【実体化】できる精霊なんて、格が高い存在に決まっているのに。止めに入ったアカッテとかいう人は、気付いていたみたいだけど」

一方、玄関ではアカッテ伯爵が前に進み出て謝罪していた。

「連れが無知ですまない。だが、この者たちは私と同じで聖獣様を信じ、森の未来を慮《おもんぱか》る者なのだ。熱意が過ぎてしまったことを許してほしい」

ああいう大袈裟《おおげさ》な人がいるから、僕は出歩けなくなってるんだけどなー。

聖獣が見ているなんて知りもせず、伯爵が話を続けた。

「ライル様の力が強大なことは私とて理解している。しかし、だからといって聖獣様の在るべき姿を変えてはいけないと思うのだ」

「聖獣様の在るべき姿とは、一体なんのことでしょう？」

ヴェルデの質問に、伯爵は胸を張って答える。

「聖獣の森を守り、生きることだ。例えばシャリアス様に対して、貴族と同じように王都で職務にあたるべきだと考えている者もいるが、私はそうは思わない。森の民は特別な存在なのだ。聖獣様と共に森を守護する神聖な一族なのだよ」

その時、僕はヴェルデの怒りが、屋敷の空気を震わせていることに気付いた。

だけど、アカッテ伯爵はまだ話を続けてしまったんだ。

「今、アモン様とライル様が王都にいらっしゃるのは、とても不自然な状態だ。森の者は森に。王都は我々貴族が守ろう。各々《おのおの》の場所でその使命を果たす。それが自然の摂理《せつり》であろう」

パキンッ！

弾《はじ》けるような音を立てて、伸びた枝が割れた。

「自然の摂理だと？」

ヴェルデが、聞いたことのないような低くて冷たい声を出した。

その様子を見てアカッテ伯爵たちは、発言を間違えたことに気付いたみたい。

「あなた方は、少々勘違いをしているようですね」

息をつき、口調を戻したヴェルデが話を始めた。

「今のような状況になったのはほんの千年少々前のこと。それ以前は聖獣様と人間の距離はもっと近く、森の平和は聖獣様とその他の魔物たち、そして人間も一緒に守っていたのです」

「森の民以外の人間もか？」

「そうです。当然のことでしょう。混沌《こんとん》の森に封印されているのは、瞬《またた》く間に世界を覆うほどの瘴気なのですから。種族など関係なく、みなで封印を維持しなければならない」

「では、どうして今のような形に……」

「あなたたち人間が目先の利益を優先し、森を荒らし始めたからです。そのせいで聖獣様は魔物だけで森を守ることになった」

ガルが語ってくれた、群れを作る魔物を聖獣に選んだってお話。

人間の力を借りられなくなったから、群れを持つ魔物を聖獣にして数を補おうとしたんだね。

「それでも封印が保たれてきたのは、森の民……エルフたちが、森が完全に孤立しないよう最低限この国と交流を続けたからです。もともと聖獣様が常に森にいる必要はなかった。アモン様とライル様、お二人の実力ならば現在のような王都にいらっしゃる状態でも森の気は安定します」

「そうだったのか……如何《いかん》せん、あなたの話は古すぎて、人間には伝わっていないのだ」

「伝わっていないのではありません。人間が、自分たちに都合が悪いからと伝えなかったのですよ。かつての国王が口を噤《つぐ》んだのです。もちろん今の王族は、そのようなこと知りもしないでしょうが」

淡々と話すヴェルデ。

ここでノクスが、何かに気付いたようだ。

「玄関にあるエレインのクリスタルが光ってる。多分エレイン、今のやり取りを王城にあるクリスタルに映して、王家の人に見せてるよ」

エレインのユニークスキル【湖の乙女】は同じ水源を持つ場所に転移できる力を応用して、クリスタルから見える光景や音を、別のクリスタルや森の水面に映せる。

僕ら従魔同士は【感覚共有】があるから滅多《めった》に使うことはない。

使ったのは、王都で行われたライルの入学式を森にいるみんなに見せた時くらいだと思う。

どうして急に中継を始めたんだろう。

僕とノクスはこっそり話し合う。

「あれってヴェルデもわかっているんだよね？」

「というより、ヴェルデがそうするよう頼んだんじゃないかな」

「じゃあ、あえて王家のみんなの前で、昔の王族の隠し事を暴《あば》いたの？」

「それくらい怒ってるってことかもね」

ノクスの言う通りなんだろうけど……何がここまでヴェルデを怒らせたんだろう。

だって国王が口を噤んでいたなんて話、聖獣の僕だって聞いたことがないんだ。

アカッテ伯爵たちは知りようがなかっただろうに……

「ご理解いただけましたか？　聖獣様の在り方は、あなたたち人間の行いのせいで変化した。それを自然の摂理などと勘違いして、これ以上お二人に迷惑をかけないでいただきたいのです」

ヴェルデの言葉に、三人はすっかり肩を落としてしまった。

アカッテ伯爵は「失礼した」と頭を下げ、外に出ようとする。

ところが三人は扉の前で立ち止まり、ヴェルデを振り返った。

「人間の無知で不快な思いをさせてしまい、申し訳なかった。だが、我らが聖獣様を敬愛しているのは、偽《いつわ》りない本心なんだ」

「ええ。わかっております。ですが、聖獣様とその主人としてではなく、懸命に生きるアモン様とライル様そのものを見てください。どうか、信仰や憧れで目を曇《くも》らせませんよう」

ヴェルデの言葉に三人はしっかり頷き、帰っていった。


「アモン様、お待たせして申し訳ありませんでした。ノクスもすみません」

少しして、僕たちのところにヴェルデがやって来た。

「ううん。僕は平気だけど……ヴェルデは大丈夫？」

「あんなに怒っているの初めて見たよ。人間に対してずっと言いたかったの？」

僕とノクスが聞くと、ヴェルデは少し俯いて口を開いた。

「自覚はなかったのですが……でも、そうだったのでしょうね。でなければ、あんなことを言わないはずです。冷静になった今思えばほとんどやつあたりで、彼らには申し訳ないことをしました」

ヴェルデはさらに話を続ける。

「以前お話ししたかもしれませんが、私は聖獣の祠のそばに立っていた大樹に小精霊が集まり、長い時を掛けて一つの形を得た精霊です。自我や知性などはその過程でゆっくりと養われたのですが、実は小さな樹だった頃の記憶もあるのです」

「まだ精霊さんじゃなかったのに、覚えているの？」

僕がびっくりして尋ねると、ヴェルデは微笑む。

「断片的に、ですがね。ライル様の言葉を借りるなら、体の記憶というものなのかもしれません」

「体の記憶？」

今度はノクスが質問した。

「リビングアーマーになったジーノ様は、以前より弱くなったでしょう？　それを見たライル様が『自分も転生したばかりの時はそうだった』とおっしゃっていました。記憶にあるはずの空手の型をしようとしても、体が全く動かなかったのだそうです」

そういえば蓮のおじいちゃんは空手の先生で、とっても強い人だったって聞いたことがある。

「でも、それって体格の問題じゃないの？」

ノクスの疑問に、僕も首を縦に振る。

だってあの頃のライルはまだ体が小さくて、最初は剣を振り上げるのも大変だったんだ。

「私もそう思ったのですが、ライル様が言うにはまた違う感覚だったそうです。筋力を要さない簡単な動きですら、思うようにいかなかったのだと……この理由を、転生によって新たな肉体を得たからだと考察していらっしゃるのです」

僕は転生したわけじゃないからか、そういう経験はなかった。

それどころか、体の大きさを変える【縮小化】も勝手にできたんだよね。

「ライル様とアモン様がいらっしゃった世界はわかりませんが、こちらの世界では、記憶は魂に刻まれると考えられています。ところが、ライル様はご自身の経験から魂はもちろん、肉体にも記憶が宿るのだと考えていました。それどころか魔力の一片さえ、何かを記憶する可能性があると……

「これは失礼いたしました。話が逸れてしまいましたね」

なんだか難しそうなお話だ……僕がウトウトしちゃっていたら、ヴェルデは話を切って謝った。

体を思いっきり震わせて眠気を払った僕は、彼に尋ねた。

「大丈夫だよ。でもなんの話だったっけ？」

「過去の人間の行いに私が怒っているというお話でしたね」

そうそう。その話だ。

「先ほどお話しした通り、私には遠い過去の記憶があるのです。人と聖獣様が共に森を守っていた時代を覚えているからこそ、自我が芽生えるにつれ、いつか自分もお役に立ちたいと願うようになりました。ですが、精霊として顕現《けんげん》できるようになった時にはもう、聖獣様は人と距離を置き、自らの群れのみで森を守るようになっていました。私は聖獣様を助けることはできなかった」

「それは人間が森を脅《おびや》かすようになったからでしょ？　精霊は人間じゃないから、仲良くしてくれそうだけど……」

「その頃の聖獣様は、群れを作る魔物から選ばれておりました。たとえ聖獣様に精霊に対する理解があっても、群れの意志に反してしまうのならば、お仕えすることは叶わないのです」

話をするヴェルデの姿が、なぜかこの間のガルと重なって見えた。

ちょっと怖いけど聞いてみよう。

「ヴェルデは千年以上怒りたいのを我慢したんだよね？　もしかして、僕が人と仲良くしているのは嫌だった？」

もし本当は人間を好きじゃないなら、無理をさせたくないと思う。

だけどヴェルデはすぐに首を横に振ってくれた。

「それはありえません。確かに怒りはありますが、私は人の思いを託《たく》された存在でもあるのですから」

「託されたって、どういうこと？」

「私の本体だった大樹は、人の手であの場所に植えられました。もう顔も声も思い出せませんが、その時の二人分の手の感触と、『聖獣様の祠を守ってね』という願いだけは、今でも私の中に残っています」

「だからずっと祠を守っていたんだね」

「他にも理由はありますが……託された思いが私の核となっていることは間違いないと思います。それに、私の【実体化】した時の衣装は、人への憧れそのものです」

ヴェルデはそう言いながら、背筋を伸ばしてシャツの襟を正した。

「これもいつのことだかおぼろげな記憶ですが、威厳《いげん》ある男が複数の従者を伴《ともな》い、聖獣様の祠にやって来たことがありました。その時、私は従者を取り仕切っていた一人の男に心惹《ひ》かれました。主人の一挙手一投足に目に光らせ、常に先回りして行動するその姿に、私は畏敬《いけい》の念を抱いたのです」

「じゃあ、この格好はヴェルデの夢だったんだね」

数年前に出会って以来、ヴェルデはずっと執事服を着ている。

初めて会った時に「お仕えしたいという気持ちを表現するために用意しました」って言ってたもんね。

僕がその話をしたら、ヴェルデは満足そうに頷く。

「はい。長年憧れ、この格好でお仕えできる日を心待ちにしていました。ですから、アモン様が聖獣として現れた時は嬉しかった。ついに私の望みが叶うかもしれない……そして、全身全霊であなたとライル様を支えようと心に誓ったのです。ですが、私は従者の仕事を少しはき違えていたようです」

ヴェルデは嬉しそうだった表情を少し曇らせて、話を続けた。

「実は、先日アモン様がシルバニアウルフのところを訪ね、先代聖獣について尋ねてらっしゃったのを、私も聞いておりました」

「うん。そうなんだろうなって思ってた」

ヴェルデはユニークスキル【系譜《けいふ》の管理者《かんりしゃ》】で、常に僕たち従魔、そしてライルの状況を把握している。

「その前の日に僕が獣神のガルとお話ししていたのもわかってた？」

「いいえ……アモン様との繋がりが一瞬途切れたのはそういうことでしたか。さすがに私の力も神域には届きません」

だったらと、僕は改めてガルやシルバニアウルフのおじいさんと話したこと、聖獣のお仕事について悩み、モヤモヤしていることをヴェルデとノクスに話した。

「従者として過ぎた真似をした私の責任です。私はアモン様のお手を煩《わずら》わせないようにするあまり、本来の仕事さえ奪っていたのでしょう。先ほどの貴族たちに向けた最後の言葉は、私自身にも当てはまることだったのです」

「気にしないで。僕がライルと一緒にいたいって言ったから、聖獣の森の管理をしてくれたんでしょ」

僕は島にいた時みたいな同じ毎日を望んでいた。今日のことばっかりで、未来のことをちゃんと考えてなかったから、自分のなすべきことがわからなくなっちゃったんだ。だけどライルは……

僕がしょんぼりしていると、ノクスが声を上げる。

「あっ！　それでアモン、ジーノのところに行ったの？」

ノクスの指摘に、僕は頷く。

この前の洗礼の儀で、マテウスからジーノとオーウェンの関係を聞き、僕とヴェルデの関係と同じだ！　と思ったんだけど……ジーノ、王宮の仕事がどうなっているかとか、全然気にしてなかったもんね。

これは聞いてもためにならないなと思って、黙っていたんだよ。

「ライルには相談しないつもり？」

「うん。忙しそうだしさ」

それに、ライルの答えはなんとなく予想できるんだ。

「ご自身で答えを見つけたいのですね」

「そうなんだ。もう少しでわかる気がする」

「かしこまりました。ライル様にはお伝えしません。ですが、私にお手伝いできることがあれば、お申し付けください」

「ありがとう、ヴェルデ」

実は僕にはお話ししたいと思っている人がいた。

「ねぇ、イゾルド先生と話せないかな？　先生なら僕の事情を知っているからさ。ライルの担任だし、新しい発見ができる気がする」

「ライル様には内緒で、ということですね。手配いたします」

さすがヴェルデだ。

ついでに、もう一つ相談してみようっと。

「本当はね、王都の様子を見て回りたいんだ。最近は昼間あんまり出かけられなかったから、何か発見があるかもしれないし。何かいい方法ないかな？」

「先ほどの貴族はもう大丈夫でしょうが、それ以外にもアモン様に接触しようとする者は多いですからね」

そうなんだよね……下手にトラブルを起こしたくないし、何よりそれでライルに迷惑かけたくないんだ。

「変装とかできたらいいのに。ノクスの魔法でなんとかできない？」

「幻惑魔法も万能じゃないから、町中のたくさん人がいるところで騙《だま》すのは難しいよ。僕だけなら

【夢想変化《むそうへんげ》】でなんとかなるけど」

「何それ、どんな魔法？」

「最近習得した変身する魔法だよ。ほら！」

ノクスの体が蜃気楼《しんきろう》みたいにぼやけたかと思うと、僕そっくりの柴犬が現れた。

大きさはもともとのノクスとあまり変わらない。

その姿を見た僕は嬉しくなって【縮小化】して同じ大きさになった。

「まだ自分より大きなものには変身できないんだ。それに見て」

ノクスがお尻を突き出した。

そこにあるのは僕と違う、丸いポンポンみたいな尻尾だ。

「まだ完璧に変身できなくて、少しだけ僕の特徴が残っちゃうんだよね。本当はちゃんと習得してから見せるつもりだったんだ」

「ねぇ、いつこんな魔法の練習なんかしてたの？」

「寝ている時だよ」

僕は意味がわからず首を傾げた。

「幻惑魔法【夢空間《むくうかん》】って魔法でね、夢の中に【亜空間】を作るみたいな……とっても難しい魔法で、やっと三十分くらい維持できるようになったんだ」

「もしかして、昔、古龍のファンちゃんがライルにシオウたちの卵を渡した力と関係している？」

ファンちゃんは古龍の山脈の長であるドラゴンだ。

僕が尋ねると、ノクスは頷く。

「うん、あれは【夢渡《ゆめわた》し】。他人の夢の中に入り込める……というか、相手の心の中に【夢空間】を展開して、メッセージを残したり、物を渡したりできるすごい魔法なんだ。僕には百年かけても真似できないと思う」

「今でも十分すごいよ！　ヴェルデは知ってた？」

「ノクスは日ごとに力を増していたので、なんらかの方法があるのだとは思っていましたが……そのような手段があったとは。わざわざそれを習得したのには、何か理由があるのでしょう」

「ヴェルデは鋭いね。幻惑魔法は強力だからこそ、失敗によるリスクが大きいんだよ。例えば変身に失敗して自分が誰なのかわからなくなったり、元の姿に戻れなくなったりね。でも、夢の中ならその心配がない。【夢空間】を使えば、幻惑魔法を安全に練習できるんだ」

たとえを交えて説明するノクスに、僕は不安になる。

だって彼は今、変身したばっかりだ。

「じゃあ、【夢想変化】ってすごく危ないんじゃ……」

僕は前脚でノクスの尻尾を指した。

「これくらいなら大丈夫。ファンちゃんから、『自分より大きなものにならないなら、現実で使ってもいい』ってお墨付《すみつ》きをもらっているんだ。彼女は僕の先生だからね。今でも時々【夢渡し】で様子を見に来てくれるんだよ」

それならいいんだけど……幻惑魔法の危険性を知った僕はノクスが心配で、ちょっとソワソワしてしまう。

そんな僕の横で、弟分はどうやったらバレずに王都を探索《たんさく》できるか考え中だ。

「アモンって見た目が珍しいから、小さくなったくらいじゃすぐ気付かれちゃうよね」

「そうですね。アモン様が【縮小化】でお体の大きさを変えられることは有名ですから」

ライルを乗せる時とか、大きくなっているもんね。

今みたいに、子犬並みの大きさになったのは初めてなんだけど……ノクスとヴェルデに言わせれば、まだ変装が甘いそうだ。

「なんかぱっと見た時のイメージを変えたいな」

ノクスが難しい顔をして言った。

変装って難しいんだな。

チマージルに行った時、ライルは服装を変えて変装していたっけ。あとは確かザックが……

そこまで考えて、僕は閃《ひらめ》く。

「ねぇ、ザックが使っていた毛の色を変える魔法はどうかな？」

「それだ！」

ノクスが叫び、僕の体に魔法をかけた。

「これはまた……いつものお姿もいいですが、こちらもなかなか……」

ヴェルデが目をキラキラさせて僕を見ている。

ただ、僕は自分が何をされたのかわからない。

キョトンとしていると、ノクスはスキルでわざわざ鏡を出してくれた。

鏡を覗いてみる。そこには、黒い毛並みの柴犬がいた。

「すごい！　ザックの魔法と同じだね！」

「これは幻惑魔法でやったから、彼の魔法とは違うかも。見た目を全く別の存在に変えるのは大変だけど、色を変えるくらいならそんなに難しくないんだ」

詳しくはわからないけど、僕のこの黒柴姿は、【縮小化】とノクスの幻惑魔法の合わせ技ってことだ。

「これなら出かけても大丈夫かな？」

「面影《おもかげ》はありますので、アモン様だけだと不安が……ただ、ノクスも一緒ならリスクは減るかと思います。少人数であれば彼の幻惑魔法でごまかせるでしょう」

それを聞き、ノクスは僕と同じ黒色になった。

「おっと。こちらも隠さないといけないですね」

ヴェルデは懐《ふところ》から白いチーフを取り出し、僕の足輪に巻き付けた。

「フェル様は苦しくはないでしょうか？」

「うん。平気みたい」

「じゃあさ、さっそくお出かけしようよ！」

こうして、僕はいつもと違う黒柴スタイルでお出かけすることになった。

『久々に昼間の王都を歩くよ。こんなに人がいたんだね』

『僕はアモンの頭に乗ったり、飛んで移動したりすることが多いから、歩くのは新鮮だよ』

ノクスは歩き慣れていないから心配だったけど、楽しそうにしている。

その時、どこからか声が聞こえてきた。

「ねぇ、パパ。魔物だけで歩いているよ」

男の子が僕らを見て驚いている。

「あれは従魔だね。人間と仲良しの魔物だよ。首のところに下げている札がその証《あかし》だ。きっと何かお仕事の最中なんだよ」

ごめんね、僕は自分のお仕事を探しているところで……なんて思っていると、男の子のお父さんが空を指差す。

「ほら、あの魔物たちも荷物を運んでいるだろう?」

お父さんに促されて空を見上げた少年が、「うわぁ、すごい!」と歓声を上げる。

僕たちもつられて空を見て、びっくりする。

なんと、お揃いのマークがついた箱を下げた大きな鳥の魔物が、何羽も空を飛んでいたんだ。

『あんな鳥の従魔、今までは見かけなかったよね? ノクスは何か知ってる?』

『そういえば、アーデの手伝いで王都に来た時に見たような……でもこんなにたくさんいたかなぁ』

『あれって何か運んでるのかな?』

『多分そう……誰かに聞けたらいいけど、喋るわけにはいかないからね』

歩いているうちに、いろいろな変化に気付いた。

まずは従魔を連れた人たちが増えたこと。

以前は、マルコみたいな従魔を連れた旅商人をたまに見かける程度だった。

あとは道路がすごく変わった。

町の中心から王城まで続く道は、前よりも幅が広い。

それだけじゃない。以前は四角くて茶色い石が敷き詰められただけの道だったのに、今はベージュや白、赤っぽいのとか、色とりどりで様々な形のタイルになっている。しかもとっても平らなんだよ。

近くの建物も建て替えたようにきれいになっている。

『これって全部アーデがやったの？』

『いいや、アーデの指揮でみんなで作ったんだ。見えないところにも、アーデのこだわりがいっぱい詰まってるんだよ』

『ノクスもお手伝いしたんだよね？』

『うん。幻惑魔法で少しだけね……でも、今回のことはあまりバレない方がいいんだって』

『僕ら秘密が多くて嫌になっちゃうね……』

『ほんとにね……』

僕とノクスはちょっとだけため息をついた。

『ほとんど完成しているように見えるけど、アーデはまだお仕事をしてるんでしょ？』

僕は話を戻した。

『うん。なんか聖獣祭でいい感じの演出をするために、街灯がどうこうって言ってたよ。僕も詳しくはわかんないんだけどね……って、あれマルコじゃない？』

『本当だ！　ウーちゃんも一緒だ。行ってみ――』

『ダメ！　早くこっちに来て！』

マルコたちから逃げるように、ノクスは横道に入ってしまった。

僕は不思議に思いながらもとりあえずついていく。

『なんで逃げたの？』

『なんでって……普通に話しかけるつもりだったの？　変装した意味なくなっちゃう！』

『あ……でも、マルコにはバレてもいいいんじゃない？　僕らが話せることを知ってるから、いろいろ聞けたはずだよ』

『マルコはライルに隠し事をしたがらないからね。多分、アモンが町にいたこと、伝わっちゃうよ』

そっか。マルコとライルはなんでも話せる友達なんだよね。

『とはいえ、このまま話を聞けずに歩いているだけじゃ、ただのお散歩だよね』

ノクスが悩ましそうに言った時だった。

すぐ横の建物の扉が開いて、少しよろけながらお姉さんが出てきた。

「確かこのあたりで……あった！」

そう言いながらお姉さんは、近くに落ちていたイヤリングを拾う。

そして、それをじっと眺めていた僕とノクスに気が付いた。

次の瞬間、僕らは彼女に抱き上げられてしまった。

「君たち可愛いわね！　一緒に行きましょ！」

僕とノクスを抱え、お姉さんは建物に戻っていく。

幸い、悪意は感じない。僕たちは大人しくされるがままになっていた。


扉の向こうには地下に続く階段があって、下りた先でたくさんの人がお酒を飲んでいた。

『ここって冒険者の酒場だよね』

ノクスはなんだか嬉しそうだ。

冒険者の酒場とは、冒険者ギルドの地下にあるバーのこと。子どもが迷い込まないように、ギルドの裏が入口になっているんだ。

ライルは入れない場所だし、普段は裏道なんて通らないから、つれてこられるまでわからなかった。

「見て！　すごい可愛い魔物！　外で見つけちゃった」

「見つけちゃったって……お前それ、誰かの従魔だろ？　勝手に連れてきちゃまずいぞ。下ろしてやれよ、お前の怪力で絞《し》められたら死んじまう」

「誰が怪力よ！　ちゃんと優しく抱えているわよ」

お姉さんが軽口に答えているけど、正直ちょっと苦しい。死ぬほどじゃないけどね。

「でも確かにそうか……君たち、もしかしてお仕事中だった？　ごめんね」

そう謝って、僕らを下ろしてくれた。

別にお仕事中じゃないよ。

これからどうしようか悩んでいると、なんとノクスがお姉さんにすり寄った。

「もしかして迷子なの？」

「クーン」

ノクスは見事な柴犬ぶりだ。うるんだ瞳でお姉さんを見つめている。

「そっか、そっか。寂しかったたね。もう大丈夫だよ」

お姉さんが僕らの頭を撫でてくれる。

僕はノクスの目的がわからず、混乱していた。

『ちょっとノクス。どういうつもりなの？』

『だって、冒険者の酒場だよ。何か面白い話が聞けそう』

『そうだけど……たまにギルドで見かける人もいるからバレちゃうかもよ』

『大丈夫だよ。みんなお酒飲んで酔っ払ってるみたいだし。それになんだかワクワクしない？』

それは確かに……普段は入っちゃいけないところだからかな。

少しだけこのまま話を聞いてみてもいいかも。

「でも従魔って迷子になるのか？　【念話】で従魔師と話せば、居場所がわかるんじゃないか？

【召喚《サモン》】だってあるだろ？」

一人の男の人が大きなジョッキを片手にそう言った。

もっともなことだから僕は少しドキッとした。

ところが、お姉さんが首を横に振る。

「意外と最近増えているのよ、従魔の迷子。未熟《みじゅく》な従魔師が、田舎から出てくるようになったから」

「俺の故郷の村なら端《はし》から端まで一キロメートルもないもんな……わざわざ【念話】の有効距離を伸ばす必要もないか」

そうなんだ。ライルは王都とトレックくらい離れていても、普通に【念話】できるけどなー。

やっぱりライルがすごいんだね。

「大方、テイマーパーク目当てに王都に来て、肝心の従魔とはぐれちまったってところか」

「マルコみたいな、従魔師の商人をターゲットにした施設だもんなぁ。そんな未熟なやつらが来るなんて、商業ギルドも想定してなかっただろ」

冒険者たちの会話を聞いて、ノクスが僕に【念話】で話しかける。

『商人以外の従魔師が来ているんだね。何しに来てるんだろう？』

『遊びに来てるんじゃない？　だって他の従魔に会えるよ』

日本の島で暮らしていた時、蓮は時々本土の公園に連れていってくれた。

そこにはいろんな犬がいて、楽しかったんだよなー。

『でも、それで従魔が迷子になったら意味ないよね』

『そうだね』

島の外に出る時は、蓮は必ず僕にリードを付けていた。

この世界に来てからはそういうのはなかったけど、迷子になっちゃうなら必要かもしれない。

僕とノクスがそんな風に迷子対策を考えていると、冒険者たちの話が別の方向に展開していく。

「未熟って言っても従魔師だからね」

「従魔術を習得できる人材が、意外といたってことだね。魔力操作の技能は高くても、従魔を連れたまま王都で仕事や家を見つけるのが難しいから、みんな田舎で暮らしていたんだろう。従魔と一緒に働ける職は少ないし、仕事中に預ける場所もないしな。才能があっても、それを伸ばせる機会がなかったんだ」

「そういえば私の知り合いにも、王立魔法研究所で働いていたけど、従魔を持ったことをきっかけに故郷へ帰った人がいるわ」

それを聞いて、僕はさっき見かけたマルコを思い浮かべる。

彼も本当は田舎でゆっくり従魔術の研究がしたいって言ってたけど……諜報員《ちょうほういん》としてのお仕事があるから、また別の事情かな。

「要するに従魔師にとっちゃ、王都で従魔と暮らすなんて生活は望めなかったんだ。優秀な人材を逃していることに気が付いて、ようやく国ぐるみで整備が進んだってわけだ」

その意見に思うところがあったのか、ノクスが【念話】してくる。

『ねぇ、アモン。ライルみたいに冒険者になれば、従魔師でも王都で働けるんじゃないのかな？』

『うーん、どうだろう。昔、マルコが従魔術は難しいから人気がないって言ってたよ』

『それは従魔術を習得していない人の話だよ。すでに習得している人には、関係ないでしょ』

『そっか。冒険者は登録だけなら誰でもできるもんね。冒険者になれば王都の付近で採取や狩りができるし……ご飯に困らないから便利なのにね』

『気になるよね……ちょっとそこら辺のこと聞いてみようかな』

『聞いてみるって、何をする気？』

ノクスがなんだか悪い顔をしているので、僕は不安になる。

そんな心配をよそに、ノクスが何か魔法を使った。

すると、冒険者の一人が急に声を上げる。

「何言ってんだよ、あんた。そりゃあ、従魔が強ければ冒険者としてやっていけるだろうが、普通は無理だ。大抵の魔物は自分より強いやつにしか従わないからな。従魔が戦力的にプラスになる方が稀《まれ》だろ。強い従魔を従えているやつは、とっくに冒険者になっているよ」

なんとノクスは幻惑魔法を使い「従魔がいるなら、みんな冒険者になっちゃえばいいのにね」と、冒険者に幻聴《げんちょう》を聞かせたのだ。

いくらみんな酔っているからって、大胆すぎる……

奇跡的に誰も気にしなかったようで、冒険者たちの会話はそのまま進んだ。

「王立学園の生徒の従魔術なんかは、年齢の割にかなりの実力らしい。ただ、従魔が強いわけじゃないからな。ここに来て伸び悩んでいる子もいるって噂だぜ」

「俺が見るに、原因はそれだけじゃないね」

「どういう意味よ、それ」

ある一人が言うと、お姉さんが聞き返した。

僕も聞きたかったところだから、正直助かる。

「王立学園の生徒の従魔師は無難《ぶなん》な採取依頼ばかり受けて、討伐依頼を避けてるんだよ。戦闘能力が上がらないはずだぜ」

「別にいいじゃない。彼らはまだ子どもなんだから、無茶をする方が危険だわ。私たちはそれをよく知っているでしょう?」

「でもよ、冒険科の生徒の中には、戦う力が必要なやつも多いだろ?」

冒険科。響きだけなら冒険者になるための学科のように聞こえるけど、そればかりが目的ではない。

ライルによれば、この世界は蓮と住んでいた場所と違って自然と人里の境界があやふやだから、危険と常に隣り合わせなんだって。

町へ移動する途中で魔物に襲われるかもしれないし、小さな町や村には魔物が入ってきてしまうこともある。

王都や大きな町以外には騎士が駐屯《ちゅうとん》していないから、自分の身は自分で守らなきゃいけない。

つまり、冒険者に限らず戦う力は重宝されるってことだ。

学園に通っている生徒の中には、強くなって故郷に戻ることを期待されている子も多いらしい。

そうこうしているうちに、冒険者たちのお話が核心に迫っているみたいだ。

「問題は戦いたがらない理由だよ。あいつら、恐怖の種類がちょっと違うんだ」

「恐怖の種類？　死ぬのが怖いってことじゃないの？」

「正しいけど、違う。自分じゃなくて、従魔が死ぬのが怖いんだよ」

そういうことか、とみんなは納得したようだった。

「確かに、それは克服《こくふく》が難しい類《たぐい》の恐怖ね」

「自分を奮《ふる》い立たせれば済む話じゃないからな……」

「でも、ジェフなんかは積極的に討伐依頼を受けているじゃないか。前に課外実習で従魔のレインが死にかけたって噂が流れたこともあったが……あいつは成長しているだろ」

「ジェフは明確な目標があるから強いんだよ。なんか薬の研究をしてるらしい。その材料を探すために、どんどん依頼を受けてるんだ。採取依頼で結構危ないところにも行ってるみたいだぞ」

ジェフはライルのお友達の一人で、医療の勉強に熱心だ。

冒険者の間でも噂になっているんだね。

昨年もトーマスが起こした事件に巻き込まれちゃって……でも、負傷した人を自らの力で助けたんだ、すごいよね。

ライルも「ジェフの薬の知識と調合技術は、もう俺以上だよ」って驚いていた。

「他の子も目標が見つかればいいけど……そうもいかないわよね」

「仕方ないさ。冒険者は常に篩《ふるい》に掛けられる。Aランク昇級の壁を超えられず、割りのいい夜間の仕事で飯を食ってる俺たちみたいにな」

「自分の能力の限界が来たら、その中で生きるしかないからな」

こんな時間からお酒を飲んでいるのは、彼らが夜働いてるからだったんだ。

夜にならないと出てこない魔物もいるもんね。日が高いうちはゆっくり休んで、夜更けに依頼をこなすんだろう。

「だからって諦めちまうのはまだ早いだろ！　あいつらの未来はこれからなんだから、なんとか発《はっ》破《ぱ》をかけてやろうぜ」

ジョッキをテーブルに叩きつけながら、男の人が大声で叫ぶ。

どうやらだいぶ酔っているみたいだ。

「でも無理しすぎたらダメだろ。ジンバの例だってあるんだ。慎重すぎるくらいでちょうどいいんだよ」

別の一人がそう窘《たしな》めると、みんなが静かになった。

ジンバって初めて聞くけど、誰かのお名前かな？

お座りをしていた僕とノクスは、そっと顔を見合わせる。

場が静まり返ったことで、最後に発言した冒険者は気まずそうだ。

苦い顔をしたまま、ゆっくりと口を開く。

「兄貴のザンバだって、吹っ切れたわけじゃないだろうよ……そういえばあいつ、ここ何日か姿を見てないな」

それを聞いてお姉さんがため息をついた。

「ジンバのお墓参りに行っているのよ。あの子が生きていたら、もうすぐ学園の七年生になっていたはずでしょ。学生の姿を見ていると、やっぱり思い出すんじゃないかしら」

そのやり取りで、僕とノクスはジンバがザンバの弟だってわかった。

ザンバは冒険者ギルドに所属する冒険者の一人だ。

無断でホブゴブリンの討伐依頼に行った弟を亡くしたことがきっかけで、彼は学園から来る新人冒険者に厳しく接するようになった。僕たちもライルが冒険者になった時に絡まれたんだけど……

冒険者ギルドのギルマス、グスタフが事情を教えてくれたんだ。

ザンバは実力を認めた人には優しいから、今では頼れる先輩冒険者なんだけどね。

そっか。亡くなった弟さん、ジンバってお名前だったんだ。

しんみりとした空気に、僕も小さく鼻を鳴らす。

「ザンバはトーマスのことを認めていたろ。数少ないジンバの同級生だったし……それが捕まっちまうなんてな。口に出さないけどショックだろうなぁ」

誰かの発言を境に、そこかしこからトーマスの噂が出始める。

「詳細は知らないが、従魔師の生徒が萎縮《いしゅく》しているのもトーマスがしでかした事件がきっかけらしいぜ」

「関係者には箝口令が敷かれているって話だ。なんでも姫様も巻き込まれたとか」

「トーマスって確かまだ十三、四歳だったろ？　並みの肝《きも》じゃないよな」

「ずっとあの子の闇《やみ》に気付けなかったんですもの、ザンバは自分を責めたくもなるわ。トーマスとはたまに話す程度だった私でさえそうなんだから、目をかけていた彼は尚更《なおさら》でしょうね」

お姉さんがそう言うと、場はさらに沈んだ空気になった。

『僕が余計なこと聞いたからかな……』

ノクスは自分のせいでこの話になってしまったことを気にしてるみたい。

僕もどうしていいかわからなくて、とりあえず僕らを連れてきてくれたお姉さんの足に体を寄せる。

「君も励ましてくれているの？　ありがとうね」

お姉さんが僕を抱き上げた。

ノクスも僕の真似をして、近くの冒険者にすり寄る。

「確かにこんな可愛い従魔がいたら、俺も王立魔法研究所を辞めたやつみたいに引退したくなっちまうな」

男の人がノクスを持ち上げて呟いた。息がかかったノクスは『お酒臭い……』と呻《うめ》いて顔をそむける。

その時、入口の反対側、奥の扉が開いた。

出てきたのは冒険者ギルドのマスター、グスタフだ。

入ってくるなり僕らの存在に気付き、口を開く。

「あれ？　そいつらどうしたんだ？」

「酒場の前で迷子になってたんです。ギルマスの知っている子ですか？」

「いや、知らんが……」

グスタフが答えながら、こちらへ近づいてくる。

そして、僕の脚を指差した。

つられて視線を落とした僕は、びっくりして固まる。

だって、いつの間にか巻いていた白いチーフがずれてしまって、フェルの足輪が丸見えになっているんだ。

「うーん、この足輪……どっかで見たことあるような……」

あまり王都を出歩かなくなった僕だけど、ギルマスのグスタフとはわりと会う機会があった。珍しいデザインの足輪だし、このままだとグスタフが思い出しちゃうかも……

まじまじと観察されて、フェルが緊張している。僕もどんどん焦ってきた。

「どうした、グスタフ！　逃げられた嫁さんにあげた結婚指輪を思い出したか？」

誰かのからかいに、周囲の冒険者が噴《ふ》き出した。

「ちげぇよ！　俺が渡したのはもっと細いミスリル製の……ってそういう話じゃねぇ」

グスタフってバツイチさんなんだね。ライルは知ってるのかな。

……って、今はそんなどうでもいいことよりも、この状況をどうするか考えなきゃ。

『どうする？　逃げようか？』

ノクスの提案に、僕は顔をしかめた。

『グスタフは冒険者ギルドのマスターだよ。ワイバーンゾンビとの戦いで彼の戦闘を見たけど、あの時でさえまだ本気を出していない感じだった。力を十分に出せないこの姿じゃ、きっとすぐに捕まっちゃう。いきなり逃げ出そうとした怪しい従魔を見逃してはくれないよ』

『それなら、ヴェルデに【念話】して助けを――』

ノクスが【念話】を飛ばす前に、再び奥のドアが開いた。

現れたのは商業ギルドのマスター、バイヤルだ。その姿に、グスタフが声を上げる。

「お前らがいること、忘れてたわ」

「忘れてた、じゃないですよ。飲み物を取ってくると言ったきり戻らないから、待ちくたびれたんです」

「あら。飲み物が必要なら私が持っていくから、声をかけてくれればよかったのに」

カウンターでお酒を作っていた女性が言うと、グスタフは手をひらひらと振った。

「お前は酒場の人間だ。俺の茶汲《ちゃく》みに雇《やと》っているわけじゃねぇんだ」

「優しいねぇ。それが家でもできてりゃ、嫁さんも出ていかなかっただろうになー」

酔った男の人が冷やかすと、また笑いが起きた。

からかわれたグスタフは、顔を真っ赤にして「うるせぇ」と怒った。

グラス四つと飲み物を用意し、バイヤルがため息をつく。

「全く……酔っぱらい相手にむきになってどうするんですか。みんなを待たせているんです、早く戻りますよ」

「わかったよ……」

グスタフは少し拗《す》ねたように返事をした後、思い出したように言う。

「おっと、待ってくれ。この迷子たちをどうにかしないとな」

その言葉でちらりと僕たちを見たバイヤルが、口を開く。

「迷い従魔なら商業ギルドの管轄《かんかつ》です。私はグラスで手が塞《ふさ》がっていますからね……ひとまず、あなたが一緒にギルドに連れてきてください」

そう言って、バイヤルが奥の部屋に戻っていった。

おそらく中に上のギルドに続く階段があるのだろう。

僕とノクスはグスタフにまとめて抱えられて、そのあとに続く。

こっそりと【念話】で呟く。

『どうしよっか、なんだか大事《おおごと》になっちゃった』

『ここは大人しくついていこう。バイヤルが相手なら、多分、今の僕たちでも撒《ま》けると思う。グスタフが離れた時がチャンスだよ』

ノクスが冷静に分析した。そうだね、そのアイデアでいこう。

なんて思った僕だけど、すぐに選択を間違えたって気付かされた。

地下の酒場から連れてこられたのは、二階のギルマス室。

そこには医療ギルドのマスター、アンジェラと、職人ギルドのマスターであるドミニクがいたんだ。

まさか、ギルマスが勢ぞろいしているなんて想定外だ。

部屋に入ったからか、グスタフが僕らを床に下ろしてくれたけど……どうやって逃げようか。

グラスをテーブルにおいたバイヤルが、ふと、こちらを振り返る。

「さて、アモン様とノクス様……あんなところで何をしていらしたんですか？」

僕たちは固まった。

そのうえ、アンジェラとドミニクが「なんの話だ？」と立ち上がり近づいてきたから、完全に逃げ出す隙《すき》を失ってしまった。

グスタフまで「そうか、その足輪！」と合点《がてん》がいった様子を見せている。

もう観念するしかない。

でも、どうやって説明しよう……彼らは僕たちが魔法で話せるって知らないはず。

困っていたら、バイヤルが意外なことを言い出す。

「直接喋ってくださって大丈夫ですよ。昨年、アモン様が聖獣である事実が一部の者に知らされたでしょう？　それと同じ頃、私たちギルマスはあなたとノクス様が魔法を使ってお話しできるのだと教わりました。王家から、緊急時のために、と」

それを聞いた僕とノクスは元の姿に戻り、事情を明かすことにした。

念のため、ノクスが防音の結界を張る。

僕が聖獣のお仕事について悩み、答えを求めて王都を見回っていたのだと伝えると、四人は納得したみたい。

「っていうかギルマスのみんなとお話ししていいなら、誰か教えてくれればよかったのに。そうしたら普通に聞きに来たよ」

僕が説明を締めくくったら、バイヤルはニコニコと笑みを浮かべる。

「私たちが下手を打って、お二人の秘密がバレるといけませんからね。とはいえ、今回は念のため目的を聞いておいた方がよいかと思いまして」

「まぁ、聖獣様がお悩みだったんだから、緊急事態には違いないさ」

グスタフはそう言って笑ってくれた。

嬉しくなって尻尾を振っていると、ノクスが尋ねる。

「みんなはここで何をしていたの?」

「ギルマス同士の定例会だ」

四人を代表してアンジェラが答え、さらに説明してくれる。

「以前までは王城に集まって仕事を報告し合っていたんだが……王家や国の機関ともスケジュールを合わせる関係で、年に数回しかできなかったんだ。でも、もう悠長《ゆうちょう》にやっていられない」

アンジェラは瘴気の病の患者が増え、医療現場が崩壊しつつある状況に悩んでいた。

トーマスの事件を機に王太子のマテウスに直訴《じきそ》して、非常時の連携を取りやすくするため、ギルド同士の繋がりの強化を頼んだんだって。

バイヤルが補足を入れる。

「これまで以上に密に協力する必要がありますからね。『現場の情報は、国の確認を取らず共有していい』と王家から許可を得ました。こうして、定期的に各ギルドの状況を整理しているんです」

「その会議、僕とノクスも聞いていい？　最近王都を出歩けなかったから、今の状況があまりわからなくて」

「もちろんだ。わからないことがあったり、気になることがあったりしたら、遠慮せず聞いてくれ」

アンジェラからOKが出たので、僕らも定例会に参加させてもらうことになった。

みんなが席に座り、会議が始まった。

「まずは職人ギルドから話を聞きましょうか。聖獣祭前で一番忙しいでしょうしね」

バイヤルに話を振られて、ドミニクが語り始める。

「まぁな……だがアーデのおかげで工事はすこぶる順調だ。メインストリートの拡張と改修は、ほぼ終わっている」

「なんだか洒落《しゃれ》た道だよな。心なしか王都全体が明るくなった気がするぜ」

グスタフが褒めると、アンジェラも頷いた。

「医療ギルドとしては路面が平らになったのも助かっている。患者を担架《たんか》で運ぶ時の負担が軽減されたからな」

バイヤルがドミニクに尋ねる。

「ギルド内でトラブルはありませんか？」

「トラブルか……実はこの間ドミドスハンマー所有者の一人が訪ねてきた。バルカンの作った武器を持って、製作者は誰かってね」

ドミドスハンマーとは、オリハルコンを加工できる、世界に七本しかない特別なハンマーのこと。

千年くらい前に、伝説の鍛冶師《かじし》ドミドスが七人の弟子に託した。

火の精霊、バルカンはそのうちの一本を持っていて、【ゴッドスミス】の称号まで得た超すごい鍛冶師なんだ。

ドミニクの話で、グスタフの眼差しが厳しくなる。

「待てよ。バルカンの武器は他国に流出しないようにしてたんじゃないのか？　あいつはドミドスの最後の弟子で、作る武器も最高品だ。ハンマーの所有者がこぞってバーシーヌに集まったらまずいから、隠しとくって話だったじゃないか」

「それがひょんなことから話が外に出ちまって……うちにワチワ共和国から修業に来ている弓職人がいるんだ。しばらく前に、祖国にいるそいつの甥《おい》っ子が洗礼の儀を受けたそうでな。ワチワにはそのお祝いに、子ども用の武器を贈る風習があるんだ。それで弓を贈ったそうなんだが、話を聞いたバルカンが気を利《き》かせて、自作の矢も一緒にプレゼントしたみたいなんだ」

「おいおい、まさか……」

静まったみんなに、ドミニクが気まずそうに言う。

「父親が試しに撃ってみたら、木を貫通して岩に突き刺さったんだとよ」

「それは……子どもが使う前でよかったな……」

アンジェラのコメントに、僕たちは頷くしかなかった。

「その噂が、ワチワにいた所有者の耳に入っちまったんだ」

「じゃあ、まだ一人にしかバレてないんだな？」

グスタフが確かめると、ドミニクは力なく首を横に振る。

「いいや。それが、もう仲のいい職人二人に手紙で『バーシーヌに凄腕の武器職人がいる』って連絡しちまったあとらしい。どっちもハンマー所有者だ。すぐにでもバーシーヌに来るかもな。この調子じゃ、他にも意外なところから情報が漏れているかもしれん」

ここバーシーヌ王国内にいるドミドスハンマー所有者は、バルカン、そしてドミドスのひ孫であるドミニクだ。そこに今回来たワチワの職人と、さらに二人……七人のうち五人が王都に集まるかもしれないってことなのかな。

ドミニクが眉間《みけん》をもみ、話を続ける。

「さらに、だ。工事に協力してくれた土の精霊アーデだが、ただ建築や細工の腕がいいってだけじゃないことが判明した」

「アーデが？」

ノクスが驚くのも無理はない。

フェルが宿っている僕の足輪だって、アーデの作品だけど、こんなにすごいものを作る以外にも得意なことがあるなんて。

「あいつって、術式を組み込んだ魔道具作りが趣味みたいでな。メインストリートを改装している時もよく術式を刻んでいたんだ。手伝ってもらっているわけだし、精霊にしかわからん言語なら別にいいかと思って好きにさせてたんだが……どうも古代文字なんだってよ。中にはまだ人が解明できていなかった文字まであるらしくてな。王立魔法研究所のクオザがすげぇ驚いてたよ。ライルは知ってたらしいんだがな……」

なんでも、ライルはアーデが作る魔道具に古代文字が使われているって知っていたんだけど、それが特別なことだと思っていなかったらしい。

「アーデ様が古代文字を読めること、他国に知られたらまずいですね」

バイヤルの指摘にドミニクは頷いた。

「あぁ、だからこの間ノクスに協力してもらって、術式が見えなくなるよう細工した。アーデが作る魔道具は高度すぎる。下手に術式が解析されちまうと、軍事利用されかねないからな」

名前が出たノクスが胸を張る。

「頑張って偉いね」って褒めてあげていると、バイヤルが話題を変える。

「そういえば、聖獣祭にベマルドーンから来賓《らいひん》があるという噂を耳にしたんですが、本当ですか?」

「あぁ、国を代表してシンシアが来るみたいだ。あそこは魔道大国だから、アーデの件がバレると厄介《やっかい》だが……まあ、彼女なら大丈夫だろう。今回もジーノの弔問《ちょうもん》のために立候補したんだろうし……あいつが死んじまったなんて、いまだに信じられないぜ」

グスタフが少し沈んだ声で答えた。

ジーノは公には死んだことになっている。

本当は魔物になって生きているってことは、ギルマスたちも知らない。

「ねぇ、シンシアって誰？　ジーノの友達？」

ノクスが聞くと、グスタフが答えてくれた。

「そうだ。っていうか、友達というよりリナやヒューゴと同じ、冒険仲間だな」

「それってもしかして……」

「『瞬刻《しゅんこく》の刃《やいば》』の一人。『持《も》たざる魔女《まじょ》』の異名を持つやつだよ」

ライルの両親――リナとヒューゴ、そしてジーノは、かつて冒険者パーティを組んでいた。

その名も『瞬刻の刃』。

解散して十年以上経つ今でも大人気で、活躍が絵本になっているくらいなんだ。

四人パーティだったって聞いていたけど、最後の一人が別の国にいたのは初耳だ。

バイヤルが話をまとめる。

「バルカンとアーデについては、ひとまず静観するしかないでしょう。私の方でも武器や魔道具の流通にいっそう注意を払います。何かあれば、すぐに共有しましょう」

「それは助かるが……商業ギルドだって、テイマーパークの開園でバタバタしているんじゃねぇか？」

ドミニクが心配そうに言い、僕とノクスも頷く。

酒場で「迷子の従魔が増えている」ってお話を聞いたばかりだしね。

「忙しいですが、ある程度は予測しておりましたから。このくらいは想定の範囲内です」

「ここまで盛況になるのが想定内だったってのか？」

驚くグスタフに、バイヤルが自信満々に告げる。

「大局を読むのはギルマスの仕事ですからね。商テイマー部門の責任者……ジェームスがパークの運営で手いっぱいになることは目に見えてました。秘書のヘンリエッタに、従魔師専門の相談窓口を作らせましてね。こちらで従魔師の仕事を斡旋《あっせん》しようと思っています。今後は従魔師の職不足も解決していく予定です」

「さすがだな。もしかして、最近飛んでいる鳥の従魔も商業ギルドの企みか？」

「マルコの従魔からヒントを得て構想した空飛ぶ荷運び屋です。ここ最近で多くの従魔師が王都に集まったことで、ようやく十分な人員を確保でき、実現に至りました」

「じゃあ、これから従魔師が王都で生きる道が増えるってわけか」

バイヤルの回答を聞いて、グスタフは感心したように顎《あご》を撫でている。

「もし商業ギルドで仕事の紹介が難しい場合は、私に声をかけてくれ」

アンジェラがバイヤルに頼んだ。

「従魔師は魔力操作の技能が高い。だから助っ人として医療ギルドに来てもらえると非常に助かる」

アンジェラがお願いしたけど、バイヤルの表情は厳しい。

「気持ちはわかりますが、従魔師は従魔と一緒に働きたいと考えている者が多い。医療現場において従魔を活躍させるとなると、なかなか難しいのでは?」

「その通りだ。【人化】を覚えているような一部の例外を除いては、直接治療に携わってもらうのは難しいだろう。だが患者の頭を魔法で冷やしたり、子どもたちの相手をしてくれたりするだけでも助かるんだ。人と同じ賃金を払うのは難しいかもしれないが、それでも共に働ける環境を最大限模索してみよう」

アンジェラの言葉からは、切実な思いが伝わってきた。

ドミニクが難しい顔をして尋ねる。

「相変わらず患者数は増えているのか?」

「いや、実はここ最近少し落ち着いていてな。他国から来る瘴気の病の患者が減っているみたいなんだ。楽観視できる状況では決してないのだが……」

バーシーヌは他の国に比べて、医療体制が整っている。

フィオナのように、瘴気の治療をするためにやってくる人が多いんだ。

グスタフがアンジェラへ問いかける。

「もしかして、他国でも治療できるやつが出てきたんじゃないか?」

「可能性はあるな。瘴気の治療はまだまだ個人の力に頼る部分が大きい。王都もシュネー……ユキが来てくれたおかげで、状況はかなり改善した」

ユキは【完全人化】を習得したアセナっていう魔物だ。リナから医療を学び王都にやって来たあと、シュネーという偽名を使い、アンジェラ、そして医療ギルドを支えていた。

正体を明かしたユキだけど、アンジェラは相変わらずシュネーって呼ぶことが多いみたい。

ノクスが僕がジーノにご飯を持っていく直前にアンジェラがライルのもとを訪れた理由について、手を挙げて質問する。

「そういえば、さっきライルを呼びに来たのはどうして？」

「やっとライルによる医療指導に許可が下りたんだ。今もギルドを手伝ってくれている」

そうだったんだ。

最近のライルはいろんなところに引っ張りだこ。たくさん働いているんだね。

僕もアンジェラに聞いてみる。

「アンジェラ、ライルを医療ギルドに勧誘《かんゆう》したがっていたでしょ。あれはもういいの？」

「あ、あれか……あの時の私は本当に最低だった。もう二度とあんなことはしないよ」

アンジェラは一時期、トーマスの精神汚染スキルの被害に遭《あ》っていた。

そのスキルに影響されていた頃のアンジェラはライルをしつこく勧誘したり、ひどい言葉を言ったりしたんだ。

でも、今は違う。

「あんまり気にしないで。トーマスの力はライルだって影響されちゃうくらい強かったんだ」

僕が慰《なぐさ》めると、グスタフも続けて言う。

「そうだぞ、アンジェラ。あまり気に病むな。バイヤルみたいに抵抗できる方がおかしいんだ」

それを聞いたノクスが驚いて声を上げた。

「すごい！　あの力に抗《あらが》えるの？　僕のバリアでも防げないし、対抗できるのはユキのユニークスキル【鎮静《ちんせい》の氷花《ひょうか》】だけかと思っていたよ」

「抵抗と言うと語弊《ごへい》があります。私だって彼のスキル下では負の感情が増幅されていました。ですが、私は商人です。腹が立とうが、殺意を抱いていようが、そんなことは表に出さず商談を進めなければなりませんからね」

「患者を不安にさせてしまうから、本来なら私も感情的に振る舞うべきではないんだ。やはり私はギルマス失格だよ」

バイヤルがフォローするけど、アンジェラはますます肩を落としてしまった。

「いやいや、あなたはよくやりましたよ。患者さんに暴言を吐いたり、傷つけたりだけは決してしなかった。どんなに自分が忙しくても患者を見捨てず、必死に働いていたでしょう？」

僕とノクスもバイヤルの意見に賛成だ。

アンジェラは医療の限界を知りながら、懸命に戦っていた。

そんな時にライルが現れたんだ。

彼女にとって、ライルはやっと見つけた希望だったに違いない。

だから縋《すが》らずにはいられなかった。

それをトーマスは利用したんだ。

グスタフが机を叩く。

「トーマスにとっちゃ、俺たち冒険者だって格好のターゲットだったんだ。夢と現実、自尊心と劣等感《れっとうかん》、羨望《せんぼう》と嫉妬《しっと》。みんないろんな感情を抱えて生きているのに、そこを狙われたらたまんねぇよ」

グスタフの拳《こぶし》、震えている。

トーマスの関与が疑われているトラブルの中で、冒険者に関係するものは特に多かったんだって。ギルマスとして思うところがあるんだね。

みんなの話を黙って聞いていたドミニクも口を開く。

「養子になる以前の過去についてはほとんどわかっていないみたいだな」

「ええ、トーマスについては謎が残ります……ここだけの話ですが、私、ライル様に初めてお会いした時に、彼と似た空気を感じたんです」

「そんなわけないよ！」

「うん。ちっとも似てない！」

僕とノクスはすぐに否定した。

ライルをトーマスと一緒にするなんて、許せない。

毛を逆立てて唸《うな》った僕らに、バイヤルが言う。

「申し訳ありません。言葉が足りませんでしたね。トーマスの悪性の話ではなく、彼らが持つ雰囲気……子どもだけど子どもではない、と言いましょうか。二人からはそういう印象を受けました」

「ようは大人びているってことだろ？　貴族の子どもや、早くに親を亡くした子にはありがちなことじゃないか」

　ドミニクの言葉に、バイヤルは首を横に振った。

「少し違いますね。そういう子は無理に大人になろうとしている。ただ、彼らはその逆で、子どもであろうとしているように思われてなりませんでした」

　それを聞いて、他の三人は考え込んでしまった。

　トーマスのことはよくわからない。

　でも少なくともライルに関しては、バイヤルの指摘は間違っていないんだ。

　僕もノクスもわかっているから、それ以上は反論できなかった。

「いつまでもトーマスのことを考えても仕方がねえよ。ここまでにしよう」

　話を切り替えたグスタフに、ドミニクが問いかける。

「冒険者ギルドからは報告がないのか？」

「強いて言えば瘴気を取り込んだ魔物……【瘴魔化《しょうまか》】した魔物が最近は出現しないのが気になっている」

「は？　あんなの滅多に出るもんじゃないんだから、当たり前だろ？」

「いや、まぁそうなんだけどさ。それにしても瘴気の病を患った人の患者が増えてるのに、魔物は自然発生しないのかなと思って」

　グスタフが決まり悪そうに答えた。

「瘴気の病の患者の大多数は子どもや老人、もしくはもともと別の疾患《しっかん》を抱えていた者だ。健康な魔物が【瘴魔化】を引き起こすほど、瘴気が発生していないだけではないか?」

　患者の事情に詳しいアンジェラが仮説を話した。

　その分析にバイヤルも賛成する。

「確かに……瘴魔石で意図的に【瘴魔化】を起こしたという一連の事件はともかく、通常の魔物が【瘴魔化】する事案は近年あまり聞きませんね。マテウス様から伺った、数年前に混沌の森から出たというマンティコアくらいでしょうか」

「まぁ、少し気になってたから言ってみただけだ。なんか報告しといた方がいい雰囲気だったし」

　グスタフの煮え切らない態度に、ドミニクは「なんだそれ」と呆れていた。

　今日の会議はこれで終わりみたい。

　バイヤルが僕を見て尋ねる。

「アモン様、参考になりましたか?」

「うん。なんとなく、僕のやりたいことが見えてきた気がする。それでお願いがあるんだけど……」

　大事なお願いをしようとした僕に、バイヤルが先回りして答えてくれた。

「大丈夫。ライル様には黙っておきましょう。それにマテウス様にも。今回アモン様たちが出かけてらっしゃったのは我々だけの秘密です」

「いいの?　みんな、怒られない?」

「聖獣様に口止めされちゃ、報告できないからな」

　ドミニクがそう言って笑うと、他の人たちも頷いた。

◆

その日の夜のことだ。

僕はなんだか不思議な空間にいた。

だって、遠くからノクスの話し声が聞こえてくるんだ。

「ノクスー！　誰と話しているの？」

呼びかけても返事はない。

声がした方を意識してみる。

っていうかここはどこだっけ？　僕は今まで何をしていたんだっけ？

僕はどこから来たんだろう……どっちがご飯のある方かな？

「そういえば、今日ね――」

やっぱり、どこかでノクスが話している。僕もそこに行きたいな。

そう思った瞬間、あたりが眩《まぶ》しく輝いた。


光が収まり、僕はゆっくり目を開ける。

「えっ、なんでアモンがいるの……!?」

目の前にはノクスと、ピンク色で長い髪をした女の人が立っていた。

僕を見て、二人はなぜかびっくりしている。

「ノクス！　それにファンちゃんだ！」

ファンちゃんと会うのは数年ぶりだ。

僕は嬉しくなって挨拶する。

「ねぇ、ファンちゃん、元気にしてた？」

「あ、えぇ、元気だけど……ちょっと待ってくれる？」

ファンちゃんはなんだかまだびっくりしているみたい。

ノクスの方を振り返り、ファンちゃんが問いかける。

「あなたの魔法じゃないわよね？」

「僕が幻覚を見せてるのかってこと？　ファンちゃん相手にできるわけないよ！　僕らの目の前にいるのは、正真正銘《しょうしんしょうめい》のアモンだよ！」

ノクスが言うと、ファンちゃんは再び僕を見た。

「アモン。あなた、一人でここに来たの？」

そう聞かれて、僕はやっと周囲を見回した。

なんか、まーるいシャボン玉の中にいるみたいだ。

僕たちが入っているシャボン玉の向こうにも、いっぱい丸いキラキラが浮かんでいる。

不思議に思いながら、僕は質問に答えようとする。

「ノクスが喋ってる声がしたから、気になって……あれ？　僕、さっきまでお家でウトウトしていたような……」

だんだん頭がはっきりしてきた。

昼間にノクスが教えてくれた話を思い出す。

「ここ、もしかして【夢空間】？」

「そうだよ。まさかアモン、自分の夢からここに来ちゃったの？」

「そうなのかな？　よくわかんないんだけど……」

僕には事情が全然わかんなくて、ファンちゃんを見上げた。

「信じられないわ。あなた、【夢空間】の存在を知っただけで、ここまで辿《たど》り着いたのね。世界を渡る自分のスキルを使って、自らの夢を出て私たちのもとに来てしまったんだわ」

「あ、【透徹の清光】か！」

そっか、僕、その力でここに来たんだね。

やったぁ！　思わず尻尾を振ってしまう。

「これなら夢の中でもノクスと一緒だ！　ファンちゃんとだって、これからはいつでも会え――」

「それはダメよ。あなたはここに来てはいけないの。絶対に」

ちょっと怒っているみたいな声に、僕は胸がキュッとなった。

ファンちゃんが屈《かが》み、僕の目を見つめた。

「ここは夢の世界。全てが曖昧《あいまい》で、確かなものが何一つないところなの。この世界の住人でない者がむやみに自分の夢から出てしまうと戻れなくなる。そういう場所よ」

「でも、ノクスは変身の魔法をここで練習してるって……」

僕がノクスの方を向くと、彼は少しシュンとしてるみたいだった。

「私たちは幻惑魔法の適性を持っているから平気なの。私たちにとって、こっちの方が確かな世界だから……」

こっちの方が確かな世界？

僕が尋ねるより、ファンちゃんが話し出す方が早かった。

「今回は上手くいったからよかった。だけど、万が一失敗したら取り返しがつかないわ。だからあなたはここに来てはいけないのよ」

「……せっかく来られるようになったのに」

ちょっとずるいな。

二人だけ、夢の中でも会えるなんて。

そう思っていたら、ファンちゃんが言った。

「じゃあ、夢の世界にずっといる？　なんでもできるし、なんにでもなれる。そのうち、外の世界のことも気にしなくてよくなるわ」

優しい声なのになんだか変だ。

僕は慌てて答える。

「そんなのダメだよ。ライルと一緒に瘴気の問題を解決しないと」

「大丈夫。あなたがいなくても、ライルがやってくれるわよ。ここにいれば、彼のこともすぐに忘れるわ。寂しくなったら、私が魔法で幻《まぼろし》を見せて――」

「やめて！」

ファンちゃんの話を遮り、僕は叫んだ。

「僕は嫌だよ。ライルがいない世界なんて嫌だ。ライルがいて、ノクスがいて、みんながいる世界に帰りたい！」

僕がそう言うと、ファンちゃんが微笑む。

「意地悪《いじわる》を言ってごめんなさいね。でも、その気持ちが正しいの。私とノクスの場合は、夢の世界の力が必要だから、ここにいるだけなのよ」

「そうなの？」

僕はノクスに尋ねる。

「うん。僕だって、アモンとライル……みんなといられる、あっちの世界が大好き」

それを聞いて安心した。

なんだかノクス、ずっとここにいるんじゃないかって気がしたんだ。

「僕、どうやったら帰れるかな？」

「私が送っていくわ。ノクス、時間は大丈夫？」

「うん。まだ【夢空間】は展開できるよ」

「じゃあ、せっかくだから少しだけお話ししていきましょう」

すぐ帰った方がいいのかと思ったら、もう少しだけいられるみたい。

せっかくだから、ファンちゃんと話しておこう。

「ファンちゃんとノクスは、時々こうして会ってるんだよね？」

「そうね。幻惑魔法はとても危険な魔法だから、たまに確認に来ているの。ノクスの最初の修業だって、私がつきっきりで見ていたでしょ？」

「うん。修業はあれで終わりかと思ってた」

確かファンちゃんは「あとは自分の特性に合わせて能力を応用するように」って言ってたはず。

「あの時点で教えたのは、基礎《きそ》中の基礎。次の段階に行くには【夢空間】を安定して作れるようになる必要があったのよ。まだまだ先の話だと思っていたけど、予想より早まってね。きっとライルが成長している影響でしょうね」

「ライルの？」

「なんでも、他者の従魔契約を破棄させたんでしょ？　全く……そんな魂の深度まで到達《とうたつ》して、神様にでもなるつもりかしら？」

ファンちゃんが何か言ったけど、僕にはよくわからない。

ノクスが口を挟む。

「ライルが神様なら楽しそうだけど……そういうの、興味ないと思うよ」

「うん。ノクスの言う通りだよ。ライルの夢はスローライフなんだから」

ライルが語っていた夢を教えてあげると、ファンちゃんはクスクスと笑う。

「自分が望むスローライフのために、世界を平和にしたいのね……それはまた彼にぴったりの目標ね。そう願うのであれば、いつか神の領域にも届くでしょう」

また神様の話だ。

ふと、ずっと胸にあった疑問を思い出す。

「ねぇ。ファンちゃん。僕、ファンちゃんに会ったら聞こうと思ってたことがあるんだ。今聞いても大丈夫？」

「なあに？」

「僕ね、【人化】はしないって言ってたでしょ？」

「ええ、覚えているわ」

ファンちゃん曰く、魔物が人の言葉を話すのはあんまりよくないらしい。魔法で喋るより、【人化】を覚えた方がいいって助言されていたんだ。

ただ、キャラかぶりを心配したシリウスが悲しそうにしていたから、僕は【人化】を習得しなかった。

「でも王都に行って考えが変わって……ライルと一緒にいるために【人化】を覚えようとしたんだけど、どんなに頑張っても無理だったんだ」

簡単なスキルじゃないのはわかってるんだけど、シオウとアサギなんて、一年もかからず習得したんだ。

それなのに、僕はコツさえ掴《つか》めなかった。

僕の頭を撫でながら、ファンちゃんが口を開く。

「そうだったのね。私、なんだか理由がわかるわ」

「どうしてなの？」

「あなたはね、本心では変わりたくないと思っているのよ。ライルに抱きしめてもらえる自分でいたい。違う？」

その通りだ。

僕は蓮と出会ったあの日みたいに、ずっとライルに抱きしめてほしい。

ずっと、彼と一緒にいたい。

「僕が変わりたいと思わなきゃ、【人化】はできないんだね」

そう呟いた時、空間が白く光り出した。夢を見ていられる時間は、そろそろ終わりみたいだ。

「あなたはあなたらしくいていいのよ。変わることは悪いことじゃない。けれど、蓮に抱きしめてもらった小さなあなたを忘れないで。どうか、大切にね」

最後にファンちゃんの応援を聞いて、僕は夢を出た。

◆

翌朝。

「おはよう、アモン」

「おはよう、ノクス。あれ？　ファンちゃんは？」

「寝ぼけてるの？　もう起きる時間だよ」

ノクスが呆れた顔をする。

ここは王都の屋敷の一室。部屋の中には僕とノクス、まだ眠っているライルしかいない。

おかしいな。さっきまでファンちゃんとお喋りしていたような……

ノクスだって一緒にいたよね？

そう思って尋ねてみたら、彼はにんまりと笑うだけ。

「うーん……なんか大切なお話をした気がするんだけど」

僕が残念がっていると、ノクスが慰めてくれた。

「大丈夫だよ、アモン。たとえ夢を忘れても、大切なことは覚えている」

「大切なことって？」

「たとえば……こうかな！」

ノクスは急に飛び上がり、ベッドで寝ていたライルの胸にダイブした。

そして素早く離れる。

「痛いっ！　えっ、何？」

体を起こしたライルが目をこすり、周囲を見回した。びっくりするのも当然だよね。

僕が唖然《あぜん》としていたら、ノクスはとんでもないことを言い出した。

「アモンがいたずらしてたよ！　僕、見たもん！」

なんと、いたずらの罪を僕に着せようとしたんだ。

僕は慌ててライルに言う。

「違うよ、僕じゃなくて、ノクスだよ！」

「なんだよ。二人とも……」

ベッドから出たライルは、僕とノクスをまとめて掴まえた。

少し大きくなったけど、まだまだ蓮より小さなライルの両腕は、僕らを抱きしめるといっぱいでちょっと窮屈《きゅうくつ》だ。

だけど、不思議と幸せな気分になれる。

僕のご主人の腕の中はとっても優しくて、温かい。転生したって変わらないんだ。

「ねっ？　覚えてたでしょ」

僕の顔を覗き込んで、ノクスは得意げに笑った。

◆

ギルマスたちの話し合いに参加した十日後。

ヴェルデの計らいで、僕らはイゾルド先生に会いに学園に行くことになった。

なぜ十日も待ったかというと、毎年恒例の冒険科の課外授業が今日からなのだ。

このタイミングなら、ライルもシオウもアサギも課外実習に行くからね。

学園に残っているのは冒険科以外の生徒だから、行っても会う心配がないんだ。

イゾルド先生は冒険科の先生ではないから、課外実習を監督する必要がないみたい。

僕はこの間と同じようにノクスと一緒に黒柴の姿に変装している。

今回は僕とノクスだけじゃない。

学園には基本的に魔物だけで入れない。従魔師のふりをしてくれる保護者が必要なんだ。

一緒に歩いてるのは、目にかかるほどの長い前髪が似合う緑髪の青年。空手選手みたいな服を着ていて、短い袖《そで》からムキムキの腕が見えていた。

僕はノクスに【念話】して言う。

『何度見てもヴェルデには見えないよね』

『うん。面影はあるけど、ここまで印象を変えられるなんて、本当にすごいよ』

そう。これは【実体化】したヴェルデなんだ。

精霊の【実体化】は基本の姿から、ある程度見た目の調整ができるんだって。

ゼフィアも【実体化】した本来の姿は幼い子どものような感じだけど、リーナとして生活している時は年齢に合わせて外見を調整しているそうだ。

あんまり極端に姿を変えようとすると、上手くいかないらしいけどね。

そういえば不死鳥の島の元素精霊——ルベルスたちは【実体化】して人型になると、顔がない人の形をした光になっちゃっていたっけ。

ヴェルデの姿もよく見れば面影が残っている。

ただ、いつもの上品な執事姿とあまりにもかけ離れているから、そうそう見抜ける人はいないと思う。


学園に到着すると、ライルの担任、イゾルド先生が入口で待っていた。

「こんにちは、イツキさん。あとええっと、あなたがアモ……失礼、クロさんですか？」

尻尾の違いで僕とノクスを見分けたんだね。それに、ちゃんと偽名で呼んでくれた。

僕はクロ、ヴェルデはイツキ、ノクスはヨルという偽名を使うことになっている。

『そうだよ。今日はよろしくね』

先生に返事をする。

これは風魔法による会話でも【念話】でもない。

周りの人には僕が「ワンワン」と鳴いたようにしか聞こえないはずだ。

狼人族《ろうじんぞく》の血を引くイゾルド先生の耳は、普通の人間には拾えない音が拾えて、ウルフ種の魔物の言葉を理解できるんだ。もともとただの柴犬の僕だけど、なぜかこの世界ではウルフ種と言葉が通じるんだよね。ライルが昔持ってたスキル【言語理解】みたいなものなのかな。

今はノクスも黒柴モードだから、イゾルド先生と会話できる。

ヴェルデとは普通に【念話】で話すつもりだ。

「みなさん、あちらでお待ちいただいてます」

先生が指し示した学園の中庭には、特待生クラスのライルの級友を含む、十数人の生徒が待っていた。

従魔を持つ生徒は、傍《かたわ》らにそれぞれの従魔を連れている。

これは僕が事前にお願いしていたことなんだ。

先生が僕らを紹介する。

「こちらはイツキさん、そして従魔のクロさんとヨルさんです。彼は東方《とうほう》にある道場の出身で、ご実家を継ぐ前に見聞を広めるべく、旅をしている最中なのです」

僕たちの偽名をはじめ、今回の設定はヴェルデが考えてくれた。

ちなみに、東方というのはこの世界の東側の地域のこと。

小さい島国がいっぱいで、大国はないんだって。

島育ちのライルと僕は、いつか行ってみたいと思っているんだよね。

「すげぇ、武者修行《むしゃしゅぎょう》ってやつですか!? なら、ぜひ俺と戦ってください！」

生徒の一人、シオウと仲良しのテッドがそう言った。

ヴェルデは精霊だから、戦闘は魔法が基本だ。

魔法で戦ったら正体がバレちゃうよ。

僕とノクスはハラハラしていたけど、ヴェルデが堂々と言い切る。

「俺は無手《むて》。つまり、武器に頼らない格闘術を得意としている。さすがに君たちを殴《なぐ》れないよ」

上手く申し出をかわすつもりなんだ。さすがは有能執事のヴェルデ！

「型で良ければお見せするが、それでもいいか？」

予想外の一言に、僕とノクスはびっくりしてヴェルデを見上げた。

イゾルド先生も明らかに驚いた顔をしている。

テッドが勢いよく「お願いします！」と答えてしまったから、もう止められない。

後ろの子も見えるようその場に座ったテッドは、興奮を隠せない眼差しでヴェルデを見つめている。

他の生徒たちも地面にしゃがみ、キラキラした目でヴェルデ……格闘家イツキの型を待っている。

ヴェルデは一礼して前に出ると、聞き慣れない言葉を叫んだ。

そして拳を前に突き出したり、蹴《け》りを繰り出したりしながらきびきびと動く。

決め技を放つ時の雄叫《おたけ》びといったら！

僕たちも含め、その場のみんなが気迫《きはく》に圧倒《あっとう》されてしまった。

最後にもう一度一礼したヴェルデが終わりを告げると、テッドがものすごい拍手をしながら立ち上がった。

それにつられるように他の生徒たちも立ち上がって、拍手する。

「かっこよかったです！　俺も、あなたのように拳で戦える男になりたいです！」

「マルガネスみたいな槍《やり》使いになるんじゃなかったのかよ」

「いや、時代は拳だ。俺は確信した」

クラスメイトの軽口にテッドが言い切ると、周りの男の子たちは歓声を上げた。

そんな様子を見て、女の子たちは呆れたように視線を交わしている。

僕もヴェルデの演武が気になってたまらない。

『ヴェルデ、いつの間にあんなことできるようになったの？』

『まさか魔法に頼らなくても戦えたなんて、知らなかったよ』

僕に続いて、ノクスも質問した。

ヴェルデが【念話】で返す。

『私はお客様をもてなす執事ですから、武器は持てません。とはいえ、何かあった時に魔法では対応が遅れることもありますので、最低限の心得はあるのです』

『僕やライルと出会う前からってこと？』

『はい。ですが、今披露《ひろう》したものは【感覚共有】でお見せいただいたライル様の前世の知識をもとにしております。日本でしたか……無手の武道が発展しているので、鍛錬の参考になります』

そうだったんだ……ヴェルデの執事への思い入れはすごい。

そのあとしばらくの間、ヴェルデは生徒たちの質問に付き合った。

いつから旅をしているのかとか、東方はどんなところなのかとか……格闘家のイツキとして答えている。

その様子を見て、ノクスがこっそり【念話】した。

『子どもたちに適当なことを教えて大丈夫なの？』

『我々の思い出についてはさすがに作り話ですが、東方の気候や地理に関しては本当のことですよ。世界の情勢については、事前にルイ様に頼んで情報を取り寄せていただきましたから』

『さすがだね！』

僕は素直に称賛したんだけど、ノクスは『そこまで先回りして調べているのはちょっと怖いよ』なんて引き気味だ。

やがて、イゾルド先生が咳ばらいをして、生徒たちを促す。

「さて、みなさん。イツキさんの話に惹かれるのはわかりますが、彼の目的もお忘れなく」

その言葉でみんなハッとしたようだ。女子生徒の一人……フローラが、ヴェルデに尋ねる。

「イツキさんは王立学園の様子を見学にいらしたんですよね？」

「そうなんだ。学園は学びの最前線だからな。道場を継ぐためにも、教育の場を見学したかった」

ヴェルデの答えを聞いて、従魔を連れた子が怪訝な顔をした。

「イゾルド先生から従魔と一緒に来るよう言われたんですけど……もしかしてそれも理由があるんですか？」

「あぁ。俺の故郷の島には従魔師が少ないんだ。だからこいつらを他の従魔と会わせてやりたくてな……よかったら俺が君たちと共に学園を見学している間、従魔たちにクロとヨルの相手をしてもらえるよう頼んでほしいんだ」

「いいですよ。普段狭いところで留守番ばっかりだから、中庭で遊んでいた方がうちのジェンツも嬉しいと思います。ほら、行っておいで！」

「じゃあ、私のミミちゃんも。喧嘩《けんか》しちゃダメよ」

こうして、僕とノクスは生徒たちの従魔と遊ぶことになった。

イツキ……ヴェルデの学園見学が終わり、イゾルド先生の号令で生徒たちは帰っていった。

僕たちとイゾルド先生は教室で話を始める。

「さて、イツキさん、クロさん、ヨルさん。収穫はありましたか？」

『あ、防音の結界張ったから。普通に名前を呼んでいいよ』

ノクスが気を利かせてくれたので、僕もほっと息をつく。

ヴェルデが言う。

「なかなか面白かったですね。ライル様の視点だけではわからないこともたくさんありました」

僕とノクスは従魔のみんなと遊びながら、【感覚共有】でヴェルデ側のお話も聞いていた。

ヴェルデは「この学園には従魔術の授業がないと聞いていたんだが、君たちはどうやって習ったんだ？」と自然な流れでライルの話題に持っていき、学園生活の話をいろいろと聞き出した。

まず、最近ライルが忙しくしている理由の一つ、聖獣祭の実行委員について。

この仕事は、各学年で一番成績がいい人がやるんだって。

何をするかと言うと、期間中の学園開放日に向けて、各倶楽部《くらぶ》の発表や出し物の管理とかスケジュール調整をするらしい。

来月から四年生になるライルたちは、学年みんなで出し物をするのが昔からの決まり。学園代表として準備を指揮しているから大変なんだ。

それだけでも忙しいのに、お祭りのメイン企画の一つである聖武大会《せいぶたいかい》……武術を競う大会に出てほしいって、みんなからお願いされて困っているみたい。

加えて今年の聖獣祭は、どうやら新企画が用意されているらしい。

ライルは、そっちにも声をかけられているって噂があるんだとか。

本当に学園中の人気者なんだなぁ。

僕が誇らしくなっていると、ノクスがイゾルド先生に尋ねた。

『なんで四年生だけ学年全体で出し物をするの？』

「実は四年次を修了して、学園を去る生徒が多いんです。それに聖獣祭は基本的に四年に一回のイベント。仮に卒業までいたとしても、四年生の年にあたるかは運次第です。聖獣祭の年に四年生になる子たちにとって、参加しただけで一生語れるような一大行事なんですよ」

『さっきまでいたライルのお友達も辞めちゃうの？』

「どうでしょう。私が担当する特待生クラスは例年多くの生徒が五年生に進学しますが、親御《おやご》さんの考えもありますから……学年全体で考えると四年生の終わりが、一つの節目となる生徒は少なからずいるでしょうね。今度四年生になる子たちの中から現時点で退学者が一人も出ないのは、過去には考えられなかったことです」

『じゃあ、ライルにとっても大切な思い出作りなんだね』

「そうですよ、だからみなさん頑張って準備をしているんですが……実のところ、私にはライルさんが一番熱心に見えます。彼は達観《たっかん》していますから、少し意外でした」

確かに先生にしてみたら予想外かもしれないけど、もともとライルはお願いされたことは一生懸命やる人だ。

前世でも、島のお祭りの準備とかしっかりこなしていた。

先生や他の学年の人のためにも、頑張ってるんじゃないかな。

『ねぇ、先生たちも僕が聖獣だって知っているんだよね？』

「はい。学園関係者では私と魔法科のハンナ先生、学園長の他に数名が知らされています。それから、例のテイマーパークの事件の被害者となった生徒の親御さんには説明がありましたね」

『みんな、どんな反応だった？』

「親御さんたちの反応は様々でしたが、ひとまずはお子さんに今まで通り学園生活を送らせるということで一致してます。シャリアス様が直接お話ししてくださったのが大きいでしょうね」

森の民の長がわざわざ王都まで来て説明したってことが、みんなを納得させたんだって。

何より、事件を解決してみんなを助けたのがライルと僕だったから、信用してくれたらしい。

僕が尻尾を振ると、イゾルド先生はさらに話を続けた。

「ですが、『聖獣様の主人であるライル様に聖獣祭の実行委員をさせるのはいかがなものか』なんて言ってきた者もいましたね。学園の関係者ではなく、部外者の貴族数名ですが」

「学園はなんと答えたのですか？」

ヴェルデが聞くと、イゾルド先生ははっきりとした口調で答えた。

「関係ありません。生徒は生徒ですから。在学中は学園のルールに則って対応します」

うん。イゾルド先生はやっぱり信用できる人だ。

『事件のあと、従魔を連れている子から相談が増えているんじゃない？』

冒険者の酒場でそういう噂を聞いていたからね。

僕が質問すると、先生は頷いた。

「ええ、先の一件はテイマーパークの視察という名目で始まり、従魔師の生徒が多く巻き込まれましたからね。不安が広がっているんですが、安全な場所で従魔を預かろうにも手が空いている教師がいないのです」

先生が一度お話を止めた。

そして興味深い意見を聞かせてくれる。

「一教師の意見ですが……私は生徒たちと従魔が少しすれ違っているように感じるのです。従魔たちは現状をよしとしていない」

イゾルド先生の言葉に、僕は目を丸くした。

だって、それは今日、僕が従魔のみんなと過ごしながら感じたことと同じだったから。

思わず先生に尋ねる。

『従魔の気持ちがわかるの？』

「えぇ……ライルさんはもちろん、誰にも言わないでくださいますか？」

イゾルド先生の頼みに、僕とノクスにすぐに頷いた。

「かしこまりました。主人に不都合のない秘密であれば漏らしません」

続いてヴェルデも約束すると、イゾルド先生が小声で言う。

「私、【気色《けしき》の臭覚《しゅうかく》】というスキルを持ってまして、相手の感情が臭いで感じ取れるんです」

喜び、悲しみ、怒り、不安、驚きなど相手の感情がなんとなくわかる能力なんだって。

相手の心を読む、フィオナの【読心《どくしん》】スキルほどの精度はないみたいだけど、すごく便利そうだ。

「生徒たちがある言葉を口にすると、決まって従魔から不満の臭いがするんです」

『『従魔を守りたい？』』

僕とノクスが同時に言った。

「わかりますか？」

『うん。ヴェルデと学園見学している時も、いろんな生徒が何回もそんなこと言ってたよね』

僕はイゾルド先生に答えた。

僕たちがヴェルデと【感覚共有】していたみたいに、学園見学の様子を主人を通して見ている従魔もいたんだ。

その子たちはその話になる度に「また言っているよ」って思っているのが、言葉が通じなくてもわかった。

『でもさ、生徒たちが従魔に過保護《かほご》なのって、きっとライルの影響だよね。今の三年生って、昔ライルが先生役をした従魔術の特別授業にみんな参加したんでしょ？』

ノクスが推察する。

「ノクスの言う通り、ライル様の影響だと思います。あの方はご自身の影響力に無自覚ですから」

ヴェルデにしては厳しい意見だ。

そして興味深い考えを教えてくれる。

「魔物の世界は弱肉強食。従魔たちは本能的に、主人に守られねばならない己の弱さを嫌悪《けんお》しているのではないでしょうか」

従魔の事情を知ったおかげで、僕のやりたいことが見えてきた。

イゾルド先生にプランを伝えよう。

『さっきの話だと、僕って学園の人たちから信用されているんだよね？』

「はい。聖獣様であることはもちろん、子どもたちの命の恩人ですから」

『じゃあ、僕が従魔を預かるのはダメ？　だって僕の強さはみんな知ってるでしょ』

僕の提案にみんなが驚いているけど、やりたいことはこれだけじゃないんだよね。

僕が二つ目の計画を話すと、もっとびっくりしたみたい。

ノクスは手をパチパチと叩いているし、ヴェルデはすごい勢いで頷いている。

そしてイゾルド先生はちょっと考えたあと、「学園長と親御さんから許可を取ってみます」って約束してくれたんだ。

こうして、僕は学園に通うことになった。

これは聖獣のお仕事の第一歩だ。

第二章　英雄が遺すもの

四年生に進級した俺――ライルはそっと息をついた。

今日は聖獣祭の当日。

王城前の広場には多くの人々が集まり、開幕を今か今かと待っている。

その熱気が、来賓席にいる俺たちにも伝わってきた。

王城の天守《てんしゅ》にある屋上庭園には二段の来賓席が設けられ、上段にはバーシーヌ王家の面々や他国からの貴賓《きひん》が、下段にはその他の貴族と一般招待客などが座っている。

俺はこの国において国王と同格である森の民の長シャリアスの孫だ。本来なら貴族っぽい服を着て、一番上の段に行かなきゃいけない。

だが、今回は王立学園の代表という立場で参加するため、制服着用のうえ一般招待客と同じところで開幕を待つことができた。

学園の代表となるのは、各学年の首席生徒と生徒会のメンバーだ。

この春から生徒会副会長に就任した国王の孫娘、シャルロッテも俺と同じように制服を着て参加している。

学園代表を率いるのは生徒会長である令嬢リーナ……のふりをしている風の精霊ゼフィアだ。

俺の傍らには愛犬のアモンとノクスがおり、いい子にお座りをしている。

以前まで、従魔が公的な式典に参加することは認められていなかった。

条件が緩和《かんわ》された経緯は聞かされていないが、アモンが聖獣だと一部の者に明かされたのと無関係ではないだろう。

まぁ、肝心のアモンは『お祭り楽しみだね』ってノクスと楽しそうに話しているし、周りの思惑なんて気にしないでおこう。

しばらくして国王が現れ、大きな宝玉が付いた杖を高く掲《かか》げた。

すると、どこからともなく澄んだ鐘の音が響く。

同時に風が吹き上がり、四方に置かれていた籠《かご》から花びらが舞い上がった。

花びらは白色がほとんどだが、中には花弁の端が少しだけ青や緑に色付いたものも見受けられる。

これはトクティアの花。年に一度、初夏の満月の夜にだけ込められた魔力によって色を変える特《とく》殊《しゅ》な花だ。

今日のために神殿に仕える者たちが、魔力を込めて用意したものらしい。

鐘の音が鳴り、あたりが花びらに包まれる中、人々が聖獣の森のある方角に体を向け、両手の指を組んで膝をついた。

聖獣に祈りを捧げるこの儀式をもって、聖獣祭は幕を上げる。

聖獣祭――聖獣の加護に感謝する祭りは、四年に一度、風の年に行われる。

この世界の暦《こよみ》は地水火風の四年で一周する。

聖獣祭が風の年に行われる理由については諸説《しょせつ》あるが、一般的には聖獣あるいは聖獣の森が、四属性に分類した場合、風に属するからだと考えられている。

確かに森の魔力は四元の属性で見ると風が優勢だし、森で暮らしてる者たちは風魔法の資質が高い。アモンだって、風魔法が得意だ。

たとえ風の年であっても、聖獣が亡くなり、不在になると祭りは行われない。新たな聖獣が代わりとして出現すると、周期に関係なく開催されるんだ。

だからここ最近で開催されたのは、新たな聖獣が現れたとされる六年前と、風の年である四年前の二回だ。

本当はアモンが聖獣になったのはもっと前なんだけど……しばらく聖獣の出現を隠していたため、空白期間がある。

さて、聖獣の加護に感謝する神事であるこの祭り。

期間中には観光や商売を目的に多くの者が集まるのはもちろん、来賓として他国の王族や要人《ようじん》も招かれる。

「他国の人間も聖獣を信仰しているの？」と疑問に思うかもしれないが、そもそもこの世界は多神教の国が多いので、信仰している神と別の存在に祈りを捧げる行為に矛盾が生じない。

そのあたりの感覚は、八百万《やおよろず》の神に手を合わせる日本人に近いかな。

とはいえ人々が祈る対象が前世からの相棒——柴犬のアモンだというのだから、なんとも言い難い不思議な気分になってしまう。

だってすごくない？

ここに集まった王族、貴族、他国からの賓客《ひんきゃく》、王都にいる全ての人が、今この瞬間、仕事の手を止めて聖獣に祈りを捧げているんだよ。

当の本犬は俺の横に座って、当たり前のように澄まして祈りを捧げているんだけど。

誰に捧げているんだか、って感じだ。

澄まし顔で祈りを捧げているのは俺も同じだ。

王太子のマテウスさんによれば、アモンが聖獣であるという情報は、正式に発表された上級貴族はもちろん、下級貴族にも漏れているはず。

結構な人数がそばにいる聖獣を知りながら、聖獣がいない森の方角に祈っているんだから、本当に変な状況だな。

開幕の式典はこの祈りだけで終わった。

だったらわざわざ集まってするほどでもないと思うが、こういうのは形式が大切なのだろう。

王城を出ると、町はすでに大賑《にぎ》わい。

露店《ろてん》を出したりストリートパフォーマンスを行ったりする人たちがいて、まさに祭りって感じだ。

他の学園代表は、そのまま王都を散策するそうだ。

俺もゆっくり見たいが、聖獣の主人であることが知られてしまった今はあまり大っぴらに外を歩けない。

気軽に出歩けないなんて、本当にスローライフとはほど遠い生活になってしまった。

いつもなら【人化】したシリウスに御者《ぎょしゃ》を任せ、狼車で帰るのだが、今日は別の迎えがある。

俺とアモン、ノクスはロッテと一緒に王家の馬車に乗り、送ってもらうんだ。

俺にはこのあと出場しないといけないイベントがある。

しばらくして、ロッテの護衛役である近衛騎士団副団長のレグルスさんと共に、王家の馬車がやって来た。俺はみんなと馬車に乗り込む。

祭りで賑わう町並みを楽しみつつ、俺は正面に座るロッテに尋ねる。

「ロッテはこのあとどうするの？　お姫様としての仕事がある？」

「まず昼食会に出席しなくちゃいけなくて……それに今日到着する来賓がいるから、そのご挨拶ね。私も本当はライルたちの応援に行きたいけど、ごめんなさい。いけないわ」

「いいんだよ。一部の人で盛り上がってるけど、俺たちが出る大会は国主催のイベントじゃないんだし。それにロッテは明日の聖武大会に備えないと。確か選手として参加するんでしょ？」

俺の言葉に、ロッテは頷く。

「ええ、今日はちょっとバタバタしちゃいそうなの。ララとこうして町並みを見られるのは、このタイミングだけだったから一緒に出席できてよかったわ。おじい様に頼んでみるものね」

ララはロッテの従魔でピクシーだ。今も彼女のそばをふわふわと飛んでいる。

従魔がＯＫになったのは、てっきりアモンの件があるからかと思っていたんだけど……まさかここに功労者《こうろうしゃ》がいたとは。

俺が驚いていると、ロッテは恥ずかしそうに笑う。

「わがままを言ったわけじゃないのよ。『従魔が参加できない理由がわからないわ』って聞いただけよ」

国王って、うちのおじいちゃんに負けないくらいジジバカだからなー。ロッテの一言だけでも、十分許可を出しそうな気がする。

そんなことを話したら、ロッテが顔を赤くして言う。

「確かにそうかもしれないわ。おじい様、最近私に甘いもの。そういえば、ライルだってここ数カ月で雰囲気が変わったわ」

その時、馬車の外から野太い声が呼びかけてきた。

「おーい！　レグルス！」

名前を呼ばれたレグルスさんがため息をついている。

ロッテが御者に頼み、馬車を止めてもらった。

窓から覗くと、一人の獣人が手を振りながらこちらに向かってきていた。

『ねぇ、あの人、レグルスとそっくりだよ！』

『色違いのレグルスだ！』

相手を見るなり、アモンとノクスが口々に言った。

ていうか色違いって……

確かにレグルスさんと同じような獅子フェイスだ。レグルスさんが赤茶色なのに対して、その人は灰色の毛並みだけど。

馬車の扉を開け、レグルスさんが苦言を呈《てい》する。

「ちょっとお父さん！　今は姫様の護衛中です。勘弁《かんべん》してくださいよ」

あ、レグルスさんのお父さんなんだ。そりゃ似ているわけだ。

「だからこうしてご挨拶に来たんじゃないかよ」

父獅子は息子にそう言うと、膝をついて屈んだ。

「ご無沙汰《ぶさた》しております、姫様。愚息《ぐそく》が大変お世話になっております」

「レオルス、久しぶりですね。レグルスは本当によく働いてくれて、助かっていますよ」

いつもより柔らかい口調で、ロッテがゆっくりと答えた。

お姫様モードだ。

レオルスさんに「シャルロッテ姫は美人に磨きがかかりましたね」と言われて、「お世辞が上手いんですから」なんて口元を隠して笑っている姿を見ると、お転婆《てんば》だったロッテはどこへやら……と感慨深くなってしまう。

実際、ロッテはどんどんきれいになっている。

女の子は大人になるのが早いなんて言うけど、彼女は王族として社交場にいる時間が長いから余計そうなのかもしれない。

負けん気の強さは今も変わらないけどね。

道行く人々が俺たちを遠巻きに見つめている。ロッテがいるとわかって、人が集まってきてしまったみたいだ。

苦い顔をしているレグルスさんの横で、二人の会話が弾む。

「今回は参加する行事が多くて、聖音楽会《せいおんがくかい》には出られないの。もしかしたら、あなたたち百獣《ひゃくじゅう》サーカス団の公演は見に行けないかもしれないわ」

「そう思っておりました。だからこそ、待っていたのです」

レオルスさんはそう言うと立ち上がり、後ろに下がった。

そして、どこからともなく取り出した杖を握り、グリップをマイクのように構える。

「バーシーヌ王国の皆々様《みなみな》、こんにちは！　百獣サーカス団でございます。歌に踊りに、曲芸、奇術。なんでもありの私たちが、僭越《せんえつ》ながら聖獣祭を盛り上げてまいります。まずは開幕を記念いたしまして……ほんのご挨拶をっ！」

ダンディないい声の口上のあと、レオルスさんは杖で地面を叩いた。

その瞬間、彼を中心に闇の魔力が広がった。

そしてレオルスさんの紹介に合わせて、隠れていた曲芸師や従魔師、仮面を被った三剣士などが次々と出てくる。

広くなったメインストリートを利用して、即興《そっきょう》のサーカスが始まった。

音楽に合わせて、剣士たちが刀を使った演舞を披露する。

獣人たちのジャグリングや一輪車を用いた曲芸に加え、ジャイアントの血筋らしき女の子と象やキリンみたいな魔物のダンスは圧巻だ。

馬車の中で座っていたアモンが【念話】してくる。

『これってもしかして魔法は使ってないの？』

『よくわかったね。あの最初に地面を叩いた杖、あれで魔法を無効化する闇魔法を展開しているみたい。きっと肉体の技術だけでパフォーマンスをしたいんじゃないかな』

俺が魔力の流れを見る【魔天眼《まてんがん》】で見えたものを教えると、納得したみたい。

ノクスと一緒に身を乗り出し、演技を楽しんでいる。

最近のアモンはなんだか周囲をしっかり観察している気がする。

前までだったら、こういう時『楽しいね！』って尻尾を振るだけだったような……

そうこうしているうちに、何やら出演者たちが整列し始めた。

鳴っていた音楽が止まり、シルクハットをかぶったレオルスさんが進み出る。

「最後は私、団長レオルス。顔は怖いが、喉が自慢でございます。ガオゥ！」

控えめに雄叫びを上げた彼は、低く響く美声で歌い出した。

まるでミュージカルのように、団員たちが歌に合わせて踊り始める。

そして最後は全員で決めポーズをとった。

メインストリートに拍手喝采が響き渡る。

そのまま彼らは周りに集まった観客に花を配ったり、手品を見せたり、従魔の鼻や首に子どもたちをぶら下げたりして、人々と交流していく。

レオルスさんが再びロッテのところに歩いてきた。

「ショートバージョンでしたが、いかがでしたか？」

「とっても素敵だったわ。わざわざありがとう」

「いえいえ、このあとの公演の宣伝ができましたからね」

ロッテの賛辞に、レオルスさんは茶目《ちゃめ》っ気《け》たっぷりに答えた。

本当だ。団員たちがちゃっかりビラも配ってる。

レグルスさんがますますしかめっ面になる。

「お父さん、許可なくパフォーマンスをするのはやめてくださいよ」

「先ほど陛下にご挨拶した時に許可は取った。姫様のためだと頼んだらＯＫしてくれたよ。『安全確保はしっかりとな』って」

おいおい……ハンス国王、いくらなんでも孫に甘くなりすぎじゃないか？

息子の苦言を意に介《かい》さず、レオルスさんが笑う。

「別にいいだろ。姫様は喜んでくださったんだし、ボーイフレンドだって楽しかったよな？」

どこの世界でもおじさんは、若い男女を見るとすぐにからかいたがるらしい。

ロッテは姫様モードで「レオルスったら、もう！」と華麗《かれい》にスルー。

ここで俺が頑《かたく》なに否定すると、気まずい感じになっちゃうよな。

仕方ない。こっちも流すか。

「ええ。はじめまして、ライルと申します」

俺が挨拶すると、アモンとノクスも頭を下げた。

「おぉ、君が！　失礼、あなたが天才従魔師と名高いライル様でしたか。お噂はかねがね。バーシーヌの外にいても耳に入ってきますよ」

どんな噂かは怖くて聞けない。

「従魔師ということは、聖魔競技大会《せいまきょうぎたいかい》に出られるのではないですか？」

レオルスさんの問いかけに俺は頷く。

「はい。これから会場に向かうんです」

「レグルス、お前がお送りするのか？」

「はい。王城まで姫様をお送りしたあと、ライル様たちを会場となるアリーナへお連れするようマテウス様から仰《おお》せつかってます」

レオルスさんは息子の返事を聞くと「そっか」と相槌《あいづち》を打ち、再び俺の方を見た。

「ライル様、実は私たちが公演を行うのは件《くだん》の会場の隣なのです。よろしければご一緒にお連れしましょうか？」

「え、いや、俺は助かりますが……」

そう言いつつ、レグルスさんの反応を窺《うかが》う。

「困りますよ。マテウス様からのご命令なんですから」

案の定レグルスさんが反対するが、ロッテは違う反応を見せた。

「いいじゃない。レオルスにお願いしましょう」

「姫様!?」

「だってお父様がライルを一回王城に寄らせたい理由って、多分ろくでもないわよ。例えば入学試験の時みたいなことを狙っているんじゃないかしら」

入学試験の時……俺に悪態《あくたい》をついてきた貴族を、マテウスさんが「わが国と森の民の関係を陥《おとしい》れたいようですね？」と言って、国家反逆罪にして潰《つぶ》したやつか……

まさか他国の貴族が集まる城にわざと呼び出して、俺が誰か気付かず無礼《ぶれい》を働くやつの弱みを握るつもりなのか？

「お父様はそういう『釣《つ》れればラッキー』が好きなのよ。私もよく利用されるわ。でもライルが付き合う必要はないでしょう？　お父様には私から言っておく。いいわね？　レグルス」

「はい」

そこまで言われれば、レグルスさんも折れる他なかったようだ。

俺とアモン、ノクスはロッテたちと別れ、百獣サーカス団と共に会場へ向かうことになった。

先ほどパフォーマンスをしていた象のような従魔が車を引いてくれるそうだ。

地球にいた象と体形はほとんど一緒だけど、表皮の色は真っ黒で、体の後ろ半分にゼブラ柄の毛が生えているのが特徴的な魔物だった。

本来はさらに大きいのだが、【縮小化】を使って大きさを調整しているのだとか。

団員と相乗りになることを相談されたため、もちろん承諾《しょうだく》した。

そもそも乗せてもらっているのはこっちだし。

車の中には、先ほど見事な演舞を披露していた三剣士のうち二人の男性が乗っていた。

もう仮面は外しているみたいだ。

「ライルです。よろしくお願いします」

『僕はアモンだよ』

『ノクスだよ』

相手に届かずともちゃんと挨拶するうちの子は本当にいい子だ。

二人の剣士はラゼンガさん、ユウゼンさんと名乗った。

同乗するレオルスさんが俺に尋ねる。

「象車の乗り心地はいかがでしょうか？　車輪が大きい分、揺れは少ないはずですが……」

「はい。とっても快適です」

俺は答え、さらに付け加える。

「それから俺に敬語は使わなくて大丈夫ですよ。レオルスさんって、そういうお堅《かた》い人じゃないですよね？」

そう聞くと、レオルスさんは「いやいや」と頭を掻いた。

ロッテへの対応を見ていれば、この人が身分の違いに拘《こだわ》らない、純粋な子ども好きであることが伝わってくる。

俺はこういうタイプの人が好きだ。できれば仲良くなりたい。

「じゃあ、ライルくんと呼ばせてもらおうかな。君は本当に賢い子なんだね」

微笑んだレオルスさんは、大きな手で俺の頭を撫でた。

おまけと言わんばかりに、アモンとノクスも撫でていく。

子ども好きって、なぜか犬好きが多い気がする。

せっかくだから、百獣サーカス団の従魔たちについて聞いてみることにした。

「こんなに大きな魔物を従魔にしているなんて驚きました。サーカス団に従魔師の方がいるんですね」

「そうなんだ。今俺たちを運んでくれている鼻の長い魔物がシマシリエレファントのレフラー。首が長い従魔はクライムドジラフのグリンドだ。ちょうど……ほら！　あそこに見えるだろ？」

レオルスさんが指を差した先を見ると、グリンドの首がまるで一本の塔のように遠くから覗いている。

『わぁ！　すごいおっきいよ！』

『ほんとだね。ファンちゃんといい勝負かも』

アモンとノクスがはしゃいでいるが、本当に大きい。

三十メートル以上はあるんじゃないだろうか。

「すごいだろ？　ああしていれば、どこでサーカスがやっているのか一目瞭然《いちもくりょうぜん》なんだ」

グリンドは大きくなることで、アドバルーンみたいに注目を集める仕事をしているんだ。

この国には高い建物はあまりないし、あのサイズになれば王都のどこからでも見えるだろう。

「あれが本来のサイズなんですか？　すごい大きさですね」

「そうだろ？　レフラーだって本当はもっとデカいんだ。町から町に移動する時、【亜空間】に入らない大きな荷物や、ステージの大テントなんかは全部レフラーが運んでくれるんだ」

『すごく力持ちなんだね。ご飯はどうしてるのかな？』

遠くのグリンドを眺めながら、アモンがぼそりと言った。

確かにそうだ。魔物は【縮小化】すれば食事量を減らすことができるが、胃が小さくなったからといって、すぐお腹いっぱいになるわけではない。

普段から大きい体で仕事をしていれば、それに見合ったエネルギーの摂取が必要になる。

俺が内心で考えていると、ユウゼンさんが話しかけてきた。

「グリンドもレフラーも雑食でな、なんでも食べるんじゃ。確かに食事量は多いが、旅をする儂らにとっては、食べられるものが限られているよりよほど助かる」

ユウゼンさんって見た目は若いのに、おじいさんみたいな喋り方をするんだな……ってあれ？

『ねぇ、ライル。この人……』

ノクスも気付いたようで、俺に【念話】してきた。

俺はユウゼンさんに確認する。

「あの、今、アモンの言葉がわかっていましたよね？」

「え、あ……あー、そうだな？」

ユウゼンさんがなぜか言い淀《よど》むと、すかさずアモンが会話に交じってくる。

『もしかして狼人族の血を引いてるの？　ライルの先生も同じでね、僕とお話しできるんだよ』

アモンはすごく嬉しそうだ。

「あ、あぁ。実はそうなんだ。だから君の声につい答えてしまったんじゃ」

見た目に狼人族の特徴は出ていないが、イゾルド先生も普段は人と変わらない外見だしな。

黙って話を聞いていたラゼンガさんが口を開く。

「そういえばライルくんはシャリアス様の孫なんだよね。そしたら、アモンくんも聖獣の森の生まれなのかな？」

俺のあとを追って、日本から来たなんて答えられない。

『うん、多分……僕、小さい頃の記憶があまりないからわからないんだけど』

アモンが一生懸命ごまかした。

「『幼い頃の記憶は曖昧だが、多分そうだ』だそうじゃ、ラゼンガ」

ユウゼンさんはアモンの答えを通訳した。

『ラゼンガさんは僕の言葉がわからないんだね』

「こいつは狼人族じゃないからのう」

アモンの質問にユウゼンさんが答えると、ラゼンガさんが補足する。

「俺はハーフエルフの母と、鬼人族《きじんぞく》の父との間に生まれた子なんだよ」

その回答に、俺は思わず尋ねた。

「鬼人族って……もういないと聞いていました」

鬼人族は頭に角を生やした、かつて東方の島々にいたとされる亜人族だ。

大戦の時代に、一気にその数を減らしたと伝わっている。

「純血の鬼人族はいないだろうね。ハーフでさえここ数十年見てないから、もしかしたら俺で最後かも」

「そうなんですね。ハーフエルフということは、お母様は聖獣の森の出身ですか？」

「ルーツは聖獣の森にあるんだろうけど、母は森で育ったわけじゃないらしい。俺もずっと昔にちょっと行ったことがある程度だよ」

『ねぇ、ライル。ラゼンガさんって半分が鬼人族で、残り半分は人間とエルフの血なんだよね？それなのに鬼人族の特徴が出てないのはなんで？』

そう聞いてきたのはノクスだ。

『あぁ、それはね、血統優位性《けっとうゆういせい》って言うのがあるんだ』

血統優位性——血の濃さとも呼ばれているが、簡単に言えば、身体的特徴が優先されやすい順番だ。

一番高いのがヒューマン、次いで獣人、ジャイアント、ドワーフ、鬼人族、エルフの順だ。

これは完全に余談だが、この優位性は平均寿命の長さの逆順でもある。

ヒューマンが一番短命で、エルフが一番長命だ。

俺は鬼人族の血を引いている人を初めて見たが、ヒューマンの倍、鬼人族の血が入っていても特徴が出ないってことは、それだけ特徴の出やすさに差があるのだろう。

身体的特徴が残りやすい獣人やジャイアントは、差別の対象になりやすい。

俺がひとしきり【念話】で説明すると、ノクスは『面白い話だね』と言ってくれた。

ノクスは意外とこういう理屈っぽい話、好きなんだよな。

俺も好きだから嬉しいけどね。

「あー、そういえば君の従魔には【人化】できる銀狼がいるらしいな……確か双剣で戦うそうじゃのう」

ユウゼンさんが急にシリウスの話を振ってきた。

「詳しいですね。確かにいますよ」

「その……どんなやつじゃ？　戦力になっているのか？」

「もちろん。とても強いですし、他の仲間と連携を取るのが上手ですよ」

「ちゃんと働いているのか？」

「はい。俺は両親と離れて暮らしているので、必要な時は保護者の代わりだってしてくれます」

「仲間と上手くやっていけてるか？　元気か？」

「えっと……他の従魔とも仲いいですし、元気にしてますけど……もしかしてシリウスの知り合いですか？」

矢継ぎ早にシリウスについて尋ねてくるユウゼンさんに、俺は質問を返した。

シリウスから聞いた限り、従魔になる以前はジーノさんしか人間の知り合いはいなかったはず……王都に来てから新たに出会ったのだろうか。

「いや、あ、そういうわけじゃない。【人化】する従魔なんて珍しいから気になっただけ……じゃ」

「亜人族への偏見がないどころか、魔物が人と一緒に暮らしているなんて本当にここはいい国だよね」

歯切れ悪く答えたユウゼンさんに代わり、ラゼンガさんがバーシーヌ王国を褒めた。

亜人族と言えば気になっていることがある。

立ち入った話かもしれないが、思い切って聞いてみよう。

「レオルスさんたち――百獣サーカス団は、見た目に種族の特徴が色濃く出ている獣人の方が多いですよね。それにジャイアントの女の子もいました。世界にはまだ亜人族への差別や偏見が残っている国も多いはず……それでも各地で巡業を行っているのはなぜですか?」

そう遠くないうちに、俺は瘴気封印の地に向かうため、バーシーヌを出ていかなくてはならない。

ここは他種族への差別が少ない国だが、世界に出ればそうではないところも多いだろう。

知らない土地を訪れる前に、ある程度の覚悟は決めておきたい。

俺の質問に、レオルスさんが悲しそうな笑みを浮かべた。

「ああ。生まれ持った特性を否定され、居場所のない人たちを……特に子どもたちを救いたくて、一座で世界を回っているんだ」

レオルスさんが自らの境遇を語り始める。

「俺はね、もともと歌劇《かげき》のトップ歌手だったんだ。明日の聖音楽会にも出演するのはそうした縁でね」

言われてみれば、納得できるだけの歌声と佇《たたず》まいだった。

歌劇は見たことがないけれど、きっと素晴らしい腕前だったに違いない。

「歌劇は貴族や金持ちが中心の娯楽だ。そこで俺が名声を得れば、他の獣人や亜人族も認められるんじゃないか……そう思っていた」

「それで実際にトップになったなんてすごいですね」

「だろ？　でもな、結局は自分の生活がよくなっただけだった」

そう語るレオルスさんは少し切ない目をしていた。

「でもレオルスさんの歌声で勇気づけられたり、夢を持てたりした人もたくさんいたんじゃないですか？」

地球でもエンターテイメントの世界で活躍して、みんなに夢を与えている人はたくさんいた。

当時のレオルスさんだってきっとそうだったはずだ。

「そうだね。長い目で見れば意味のあることだった。ただ、俺は今困っている人を助けたかったんだ。だからサーカス団を立ち上げて、世界中を回り始めた」

トップスターの立場を捨ててまで、差別問題に取り組みたかったのか。

「世界には色んな差別が存在する。種族差別が一番多いが、それ以外にも血統差別、スキル差別、魔力差別……信じられないかもしれないが、先祖返りで獣人の特徴が出ただけで何年も幽閉《ゆうへい》されたり、特定の髪色だからと迫害されたりなんてことが各地で起きているんだ」

差別が原因で殺された前世の友人の顔が脳裏をよぎり、一瞬心の奥がざわついた。

お座りして聞いていたアモンが、俺に体を寄せてくる。

笑みを浮かべて彼を撫でると、愛犬は気持ちよさそうに目を細めた。

俺はレオルスさんに視線を戻した。

「危険はないんですか？」

「細心の注意を払っている。本当に危険な国には行かないし、懇意《こんい》にしている貴族や商人から、次の目的地の情報は必ず仕入れるようにしているんだ」

レオルスさんが今も聖音楽会に出席するのは、もしかしたらそういう繋がりを作るためなのかもしれない。

「それから、ラゼンガたちのように外見に異種族の特徴があまり出ていない者に、先に宣伝に行ってもらうんだ。そうしないとレフラーとグリンドを見て驚かれてしまうしね。万が一、先行隊が危険だと判断したら行き先を変えるのさ」

「ラゼンガさんたちが危ない目に遭いませんか？」

「まぁ、滅多なことはないよ。それに、俺もユウゼンも他のメンバーも結構強いから」

ラゼンガさんは笑いながら答えた。

俺はレオルスさんに再び尋ねる。

「でもサーカス団には子どももいますよね？」

「俺たちについてきたいって子はね。そうじゃない子は、妻のところに送り届けているんだよ」

レオルスさんの奥さんはもともとサーカス団の一員で、一緒に世界を回っていたらしい。

ところが、赤ちゃんをテントの前に置き去りにされることなんかもあり、一座の子どもの数が増えすぎてしまった。レグルスさんを授かったタイミングで、奥さんはサーカス団を離れて孤児院を作ったそうだ。

戦う力がなかったり、差別によってトラウマを抱えてしまったりした子は、奥さんが孤児院で引き取っているという。

「じゃあ、奥様とは別々に暮らしているんですね」

「そうだ。でも。俺たち百獣サーカス団は全員が家族だ。実の息子はレグルスだけだが、他の子ども俺の子だと思っている。ここにいたければいればいい。ただ、他にやりたいことを見つけたり、添《そ》い遂《と》げたい人、仕えたい主人と出会ったりしたら、いつでも送り出そうと決めているんだ。誰かにあとを継がせるつもりはないからな」

「そうなんですか？」

「だって、これは俺がエゴでやってることだからさ。あくまで俺のサーカス団なんだ。こんなの代々継いだら、先人たちの思いがどうだとか、使命がどうとか言って暴走するのがオチだ。実際にそうやって革命だ、解放だってなった集団がいくつもあったよ」

それは……確かに想像できることだな。

「その善《よ》し悪《あ》しを語る気はないし、誰かの正義を簡単に否定できるほど偉くなったつもりもない。だが少なくとも百獣サーカス団はそんなことのために作ったわけじゃない。俺は腐《くさ》ってもエンターテイナーだからな」

どこからか取り出したシルクハットを気障《きざ》にかぶり、レオルスさんは笑ってきれいな牙《きば》を光らせた。

◆

聖獣祭一日目、午後。

例年、初日は開幕式典くらいしか大きなイベントがなかった。

だけど今年は違う。

聖魔競技大会が開かれることになったのだ。

俺はこれに出なくてはならなかった。

この大会が計画された経緯には、最近王都を出歩かなくなったアモンを表舞台に出したい貴族の思惑《おもわく》が絡んでいる。

とはいえ、アモンを利用してやろう……といった悪い考えあってのものではない。

以前から、一部の貴族の間では密かにアモンのファンクラブができていたらしい。

遠くからアモンをそっと見守りたいファンの集まりだったそうで、俺が存在を知ったのもかなり最近のことだ。

ところが、アモンが聖獣だと明かされて以降、彼は外を歩かなくなり、目にする機会が減ってしまった。

それを嘆いたファンクラブの貴族が、各ギルドを巻き込んで従魔師が参加するこの大会を企画した。

なんでも結構な額の私財を投じているという噂だ。

マテウスさんからも「下心はないようだから、よかったら出場してあげてくれ」と頼まれていた。

俺にもメリットがある。

これを口実に「二日目に開かれる聖武大会に出てほしい」という依頼を断りやすくなったのだ。

聖魔競技大会では、全部で五種類の競技が行われる。

競技の内容とルールは各競技の開始直前に発表され、その場で出場者を募《つの》る緩《ゆる》い大会だ。

多様な競技が用意されたため、魔物の特性によっては参加が難しい種目もある。

だから、いわゆる総合優勝みたいなものはない。

ちなみにだが、種目の選定にファンクラブのみなさんは一切関わっていないとのこと。

自分たちが運営に関わるとアモンを全力で贔屓《ひいき》しかねないから、あえて距離を置いているらしい。

アモンが不利、もしくは能力的に出場不可能な競技もあるだろう。

その場合はノクスや他の従魔に出てもらうつもりだ。

まぁ、当のアモンは『どんな種目でもかかってこい！』って意気込んでいるけど。

レオルスさんに送ってもらって会場に到着した俺があたりを見回していると、アモンが声を弾ませる。

『ライル、楽しみだね！　久しぶりだよ。思いっきり遊べるの』

そう言えばそうだ。最近の俺は聖獣祭の準備に追われていた。

アモンが生徒たちの従魔の面倒を見ることになったので、一緒に学園に通い始めたものの、行き帰りが一緒になるくらいで遊ぶ時間は取れていなかった。

『ごめん、アモン。寂しかった？』

『寂しさもちょっとはあったかな。でも、それより――』

「みなさん、競技エリアにご注目ください」

アモンの言葉を最後まで聞く前に、アナウンスが入ってしまった。

「本日のデモンストレーションを担当するのは、バーシーヌ王立学園魔法科教諭《きょうゆ》、ハンナ先生と従魔のみなさんです」

紹介されて出てきたハンナ先生を見て、俺は驚いた。

俺が知っている彼女の従魔は、川に棲む泳ぎが得意な肉食の魔物、マッドオッターだけだった。なのに先生は四匹もの従魔を連れていた。

いや、違う。先生の後ろをついていくように土が盛り上がっていく。

おそらく、地中にもう一匹魔物がいる。全部で五匹の従魔がいるのだ。

「いつの間にあんなに従魔を……」

『もしかしてライルは知らなかったの？』

『……アモン、知ってたんだね？』

俺が【念話】で返すと、彼は頷いた。

『先生の従魔も、授業中は僕らと一緒にいるからね』

そうか。俺、迎えに行くのはいつも最後だから、アモンたちがどんな従魔と一緒にいるのかとか、他の従魔と何をして過ごしているのかとか知らないんだ。

これまでは【感覚共有】で一日の出来事を寝る前に見せてもらっていたのに、最近は俺が疲労で寝落ちしてしまい、なかなかできなくなっていた。

そんなことを考えていると、後ろからよく知っている気配が近づいてきた。

振り返った俺は、近づいてきた気配――従魔術の第一人者で友人のマルコに声をかける。

「マルコ！　この大会を見に来てたんだ。てっきり露店を出すか、商業ギルドの手伝いに行っていると思ってたよ」

マルコは俺と同じで目立ちたがり屋じゃないから、こうした大会にはなかなか参加しないはず。

「今回はライルくんがアモンくんと一緒に大会に出るって噂を聞いていたからさ。応援に来たんだよ」

そう答えたマルコはしゃがみ込み、アモンのモフモフを堪能し始めた。

撫でられているアモンはご満悦《まんえつ》な様子だ。

「ハンナがお手本を見せるんだね。彼女、昔から器用でさ……大抵の魔法はすぐに覚えちゃう子だったから、一部では『オールマイティマジシャン』なんて異名で呼ばれてたんだよ。本人は死ぬほど嫌がっていたけど」

ハンナ先生は王立学園に通っていたマルコの一年後輩にあたるらしい。在学中はあまり接点がなかったとのことだ。

それにしても、その二つ名はちょっとダサくないか……

「それでは、第一種目の内容を発表します。ハンナ先生、お願いします」

進行役の男性に言われ、ハンナ先生が頷いた。

すると先生の従魔の内の一匹――尻尾の長いリスのような魔物が、体をボールのように丸くして
コロコロと転がりながら前に出た。

あれはマルマリスか。あんな風に体を丸めて転がって逃げる魔物だ。

『名前はボボちゃんって言うんだよー』と、隣のアモンが教えてくれた。

ボボちゃんがスタートと書かれた旗の下に立つ。

すると旗が光り、そこから十個の輪っかが飛び出して、いろんな方向を向きながら空中に浮かび上がった。

「第一競技は輪くぐりレースです。空中に浮かぶ十個の輪には一から十までの番号が書かれています。この数字の順番通りに輪をくぐり、最後の一つを通り抜けるまでのタイムを競います。今は説明のためにタイムを止めてますが、実際には輪っかが出揃ってからスリーカウントでスタートです」

進行の男がさらに競技を説明していく。

輪の大きさは、スタート地点に立った魔物の大きさに合わせて決まる。

数字が書かれた方が輪の表となり、裏からの通り抜けは無効。

万が一、裏から通り抜けたり、輪をくぐる順番を間違えたりしたら、正しいルートに戻って再開

すればよい。

ルールはシンプルでわかりやすい。

「あれれ？　首を傾げていらっしゃる方がいますね。もしかして、地面を転がるマルマリスが、どうやって高く浮かぶ輪をくぐるのかって思ってるんじゃないですかー？」

いや、その通りなんだけど……観客を煽《あお》っていくスタイルの司会進行なんだ。

「従魔と従魔師はパートナーです。だからこの大会では、こんな攻略だってOKなんです！」

司会の力強い宣言と同時に、ボボちゃんが輪に向かって転がり出した。

ハンナ先生が地面に手をつき、【アースウォール】で土の壁を作り、傾斜《けいしゃ》を生み出した。

勢いよく転がってきたボボちゃんはそれを利用し、一番目の輪に向かって飛び込んだ。

さらに落下地点に先回りしたハンナ先生は絶妙な角度で【アースウォール】を再展開。

ボボちゃんはスーパーボールみたいに跳ね返って、二番の輪っかまでくぐり抜ける。

さらにさらに、先生は次の落下地点に離れた位置に魔法を発動する【遠隔魔法《えんかくまほう》】で【アースウォール】を展開すると、三番の輪っかも同じ要領《ようりょう》で通過していく。

「あれが噂に聞く【遠隔魔法】か！」

観客の中からそんな声が聞こえてきた。

魔道具の発達によって現代ではほとんど忘れ去られていた【遠隔魔法】や複数の魔法を同時に発動する【並列魔法】だが、実はクオザさんが論文を発表したことで知名度が回復しつつあった。

実際の有用性はまだ議論されている段階だが、「魔力操作の練習にいいのではないか」と、教育の場で注目が集まっている。

論文が公開されたのは最近だ。それをもう習得したなんて……さすが、『オールマイティマジシャン』だ。

まだ魔法を発動できる距離にも制限があり、連続使用も厳しいようで、さすがに最後まで【遠隔魔法】を続けるとはいかなかったが、それでも会場には拍手が沸き起こった。

「みなさん、いかがでしょうか！　もちろん、空を飛べる魔物での攻略が正攻法ですし、ハンナ先生のようなやり方は時間がかかります。ですが、従魔と一緒に挑戦できるせっかくの機会です。飛べる従魔がいないからと諦めずに、ぜひご参加ください」

このデモンストレーションは単なるルール説明だけじゃなくて、参加のハードルを下げるためのものでもあったのか。

こういうイベントは、参加者が多くないと面白くないもんな。

さて、俺は出場するしかないんだけど、正直この種目は空を飛べるノクスの方が強そうだよな……

スピードを出したアモンは速いけど、小回りは苦手だ。全五競技だし、ここはいったんノクスで……

そんなことを考えていると、俺の肩をちょんちょんとノクスが小突く。

そちらを見ると、アモンがキラキラした目で俺を見上げていた。

『ねぇ、ライル！　どうやったら速くいけるかな』

その言葉に、俺は自分を殴りたくなった。

アモンは久々に俺と遊べると楽しみにしているのに、何を合理的に考えようとしてたんだ。

ノクスはそんな俺の考えに気付き、止めようとしてくれたんだ。

『僕はいいから。今日はアモンと一緒に楽しんで』

俺にだけ聞こえるように、ノクスが【念話】で言った。

「よし！　とりあえずエントリーに行こう」

『うん！』

アモンは元気に返事をすると駆けていった。

観客席に向かうというノクスの頭を撫でて『ありがとう。行ってくる』と伝えたあと、俺はアモンを追って歩き出した。


俺とアモンが受付に向かっていると、なぜかマルコがついてきた。

「あれ？　マルコも出るの？」

「本当はそんなつもりなかったんだけどね。あの人たち見てたら、出ようかなと思って」

マルコが指差した先には、アモンのファンクラブのみなさんがいた。

「あの人たちね。何年か前まではモコモコなお友達ファンクラブって言って、僕の従魔のファンだったんだよね。ウーちゃんやチーちゃん目当てで、結構商品を買ってくれてたんだ」

俺はそれを聞いてドキッとしてしまう。

「もしかして、アモンのせいでお客さんを取られて怒ってる？」

「そこまでは言わないけどさ。うちの子も可愛いんだよって、ちゃんと思い出してもらわないとね」

いつもと変わらない柔らかな口調と笑顔の中に、ちょっとギラギラしたものを感じる。

エントリーを終えると、いよいよ大会が始まった。


最初の挑戦者は赤いポロシャツを着た大柄な男の人だ。

彼が指笛を鳴らすと、翼の幅が三メートルは超えそうな大きな鳥の魔物が上空に現れた。

「サキランドコンドルだね。ロクちゃんと一緒でリアテブルのサキランド平原に棲んでるんだよ」

マルコはそう説明してくれた。

ロクちゃんはマルコの従魔で、サキランドホースというタテガミがモコモコした馬の魔物だ。

旅商人のマルコは、長距離移動の時はロクちゃんに乗ることが多いそうだ。

サキランドコンドルの名前はドゥールというらしい。

スタート地点に降り立つと、その体躯《たいく》にふさわしい、大きな輪っかが空中に現れた。

合図と同時に、ドゥールは大きな翼を羽ばたかせて、優雅《ゆうが》に一番から十番までの輪をくぐり抜けた。

すごく速いという感じではなかったが、無駄のない飛行だ。タイムは四十八秒。

ゴールしたドゥールが、パートナーの待つ場所に戻る。

相棒の男性従魔師のところには、いつの間にか、同じ赤い服を着た人が十人近く集まっていた。

それぞれが鳥の従魔を連れている。

帰ってきたドゥールの首に、男性が赤い鳥のロゴマークのついた大きな箱をかけた。

その姿を見て、俺や一部の観客はこの集団の正体に気付く。

男性が観客に向かって手を振る。

「親切、丁寧！　王都の空をひとっ飛び！　お急ぎのお荷物は……」

「「「「バード急便にお任せください！」」」」

声高らかに宣伝したのは、最近王都で始まった空輪《くうゆ》サービスだった。

ドゥールが安定した飛行を見せていたのは、丁寧な配送を印象付けるためだったんだな。

「あの人たちが宣伝するにはうってつけの種目でラッキーだったね」

俺が言うと、マルコが苦笑いしながら口を開く。

「ライルくんって、頭がいいのにたまに純粋だよね」

「たまにって何？」

まるで普段は不純《ふじゅん》な動機《どうき》で動いているみたいじゃないか。

マルコはそれを流して、顔を近づけてくると小声で話し始める。

「この大会、会場の費用や警備なんかの人件費は、国からの補助と有志《ゆうし》の貴族のお気持ち……寄付金で成り立っているんだ」

お気持ちの割合が気になるが、それは聞いてはいけないだろうな。

「だけどね、競技自体には各ギルドと王立研究所からも資金や道具の提供がされている。今回は彼らが種目の選定に関わっているんだよ……そして、バード急便は商業ギルドの所属だ」

「まさかこれ……商業ギルドの宣伝種目？」

「正解。他のギルドは聖獣祭を盛り上げるためにって、純粋な気持ちで資金提供しているのかもしれないけど、商業ギルドはみんな根っからの商人だからね。お金を出す以上、ある程度の見返りがないと気が済まないんだ。あの光の輪を出す魔道具も、バイヤルさんお気に入りの魔道具職人が作ったものだよ」

そうだったんだ……確かにバード急便の人たち、準備よすぎだったけどさ。

ていうか、バイヤルさんってお気に入りの職人を贔屓するんだね。

営業スマイルでバード急便の人たちが競技エリアから出ていく。

商売って大変なんだな……なんて感想で締めようとしている俺の隣で、この事実に憤慨《ふんがい》している者がいた。

『今の話って本当なの？　有利な種目があるなんてズルだ！』

正義の柴犬アモンは、不正が許せないようだ。

今にもバイヤルさんのところに抗議しにいきそうな勢いのアモンに、『俺たちが勝てば問題ないよ』と伝える。

結果、アモンはさらにやる気になったようだ。

さて、次に出てきたのは、俺と同じ冒険科四年生のカールとその従魔クルルのコンビだ。

彼は同級生の中でも従魔術を習得したのが早く、相棒とはもう二年くらいの仲だ。

クルルはアイスオウルという魔物で、羽ばたく翼から水を凍らせるほどの冷気を出すのが特徴だ。

スタートと同時に、クルルはパタパタと真上に飛んでいく。

そしてある程度の高さまで行くと滑空《かっくう》しながら、一番の輪をくぐった。

そのまま滑《なめ》らかにカーブし、二番から四番まで次々と通過していく。

思わず「きれい……」と感嘆する観客がいたほどの美しい姿だった。

だが次の五、六、七番はだんだんと高くなる位置に配置されていた。

アイスオウルは上に向かって速く飛べない。

結果、そのタイムロスが響き、タイムは一分五十二秒。

それでもカールはめいっぱいクルルを褒めた。

タイムこそ伸び悩んだが、美しく滑空する姿とパタパタと上に向かう可愛らしさのギャップがよかったようで、観客の評判は上々だった。


三番手はこの春、王立学園を卒業した元生徒会副会長のユアナ先輩と、ヒアシガエルのアマンダのコンビだ。

跳躍《ちょうやく》の瞬間に足の裏から火を噴いて飛び跳ねるヒアシガエルの特性を活かし、ユアナ先輩が巧《たく》みに足場を魔法でサポートしたが、タイムは一分五秒だった。

ユアナ先輩のあとに登場したのは、俺と同じ特待生クラスのテッドとソードビートルのイッセン。

ソードビートルは、錐《きり》のような形状の角を持つカブトムシみたいな見た目の魔物で、一直線に飛んで相手を突き刺す攻撃が得意だ。だけどまだ習熟《しゅうじゅく》が甘く、風の影響を受けて輪から外れてしまい、やり直し……というのを四回ほど繰り返してしまう。

タイムは五十二秒と、惜しくも一位には届かなかった。

その後も他国から来た従魔師など計三組が出たが、一位は未だにバード急便のドゥールだ。


次はいよいよマルコの出番だ。共に挑む従魔はクラウンバードのチーちゃんことチル。

「悪いけど、今回は勝たせてもらうね」

マルコは俺にそう言ったあと、さっき出場したカールにも何やら声をかけつつ、スタート地点に向かう。

マルコの登場で会場は大盛り上がり。

普段はあまりその実力を感じさせないけど、さすが元最年少従魔師だ。

スタートの号令がかかり、競技が始まった。

まず、チーちゃんは真上に向かって飛んだ。

その姿に、俺はさっきのカールとクルルのレースを思い出す。

それとほぼ同時に、チーちゃんが滑空の体勢に入った。

滑空の速度はクルルほど出ないはずだが、チーちゃんは上昇が速い分、タイムロスが少ない。

これならバード急便のタイムにも負けないかも……いや違う。それだけじゃない。

俺はマルコの意図に気が付いた。

彼は俺の方にニヤリと笑いかけ、魔法を発動した。

「【テュポンロード】」

『あっ、僕の魔法！』

そう。【テュポンロード】はアモンの十八番《おはこ》、上空に風の道を作る魔法だ。

マルコはそれを発動して、巧みな魔力操作で全ての輪を繋ぐ道を作る。

風に乗ったチーちゃんは四番の輪をくぐったあとも一切減速せず、そのままゴールに突っ込んだ。

タイムはなんと……二十四秒。

言うまでもなく、会場は今日一番の大盛り上がりだ。

マルコは肩の上に帰ってきたチーちゃんのモコモコの胸を撫でながら、こちらに戻ってくる。

あの顔は勝ち誇ってるな。

やられた……完全にやられた。

実際、俺はこの競技にマルコと同じ【テュポンロード】を使うやり方で挑むつもりだったのだ。

だけど、アモンは風の道を足場にして駆けるだけだ。

チーちゃんのように風に乗ることはできない。

同じやり方をしていては、俺たちに勝ち目はない。

「ごめんね。アモンくんの魔法を使わせてもらったよ」

何がごめんねだ。めっちゃ笑顔じゃん。

俺はイラついたら負けだと思い、冷静さを装って口を開く。

「速かったね。カールとは何を話してたの？」

「『僕たちのレースをよく見ていて。君たちのやり方を真似しちゃうけど、同じことをできるようになったらもっと速いから』って伝えたんだ」

確かにクルルの方が風の抵抗が少なく、滑空時のスピードも速い。

もしカールが【テュポンロード】でサポートできたら、ものすごいタイムが出ていたはずだ。

「さて、次はお待ちかね、最年少従魔師記録保持者にして、『銀《ぎん》の射手《いて》』シャリアス様の孫、ライル選手、そしてアモン選手です！」

進行役が俺たちを呼ぶと、会場から拍手が沸き起こった。

とはいえ、さすがに大多数の観客がマルコを超えるタイムは出ないと思っているみたいだ。

若干の諦めムードが俺とアモンにも伝わってくる。

『負けないで！　アモン！　ライル！』

ノクスからの【念話】で観客席を見上げると、シリウスとロウガ、そして父さんと母さんが、俺たちに向かって手を振っていた。

両親から「会いたい人がいるから、村のことをみんなに任せて王都へ来る」と聞いていたけど、わざわざ俺の方も応援に来てくれたんだ。

有名人の父さんたちに周囲の観客が気付いていないのは、ノクスが上手いこと魔法で隠しているからだろう。

『ねぇライル。僕、負けたくない』

『そうだね』

俺もアモンと思いは同じだった。

一位になることより、アモンと遊ぶこと。

それが大事だと思って参加したはずだけど、やっぱり負けるのは嫌だ。

遊びだって……いや、遊びだからこそ全力で勝ちにいきたい。

だけどこのままでは勝ち目がない以上、作戦を考えなきゃいけない。

スタート地点に向かいながら思考を巡らす。

どうすればいい……アモンは空を飛べるわけじゃないから、【テュポンロード】、もしくは俺が他の魔法で足場を作る必要がある。

仮に俺が足場を作ってサポートしたとしても、方向転換で減速してしまうから、マルコとチーちゃんのタイムには届かないだろう。

連続で【遠隔魔法】を使うのはなんとかできるけど、ハンナ先生のやり方ではタイムが出ないし……いや、待てよ。【遠隔魔法】を使い、輪を順番にくぐるだけなら方法がある。

だがこれを実行するには俺もかなりの集中力が必要だ。

失敗すればアモンが怪我をする可能性だってある。

勝つならこれしかないとはいえ……俺は考えついた作戦をアモンに伝えるべきか悩んだ。

『ライル。何か思いついたなら教えて』

アモンがまっすぐ俺を見上げて言った。

戸惑いながらも思いついた作戦を伝える。

『やろうよ、ライル。その方法で』

『だけど……』

『大丈夫、僕はライルを信じているから』

躊躇《ちゅうちょ》する俺に、アモンがそう伝えてきた。

『わかった。絶対成功させるよ』

俺も覚悟を決めることにした。

スタート地点にアモンが入った。

十個の輪っかが空中に浮かんで、スタートの三秒前となる。
プ、プ、プ、プーッ！
スタートの合図と共に、アモンは【テュポンロード】を発動し、正面に駆け出した。

しかし、向かう先には一番の輪どころか何もない。

目標から離れつつ、アモンが速度を上げていく。

俺はその間に全ての輪を繋ぐ別の【テュポンロード】を発動させた。

開始から五秒。アモンはトップスピードに到達する。

「アモン、行くよ！」

『いつでも大丈夫！』

アモンの返事を聞いて、俺は【テュポンロード】を維持しつつ、【並列魔法】と【遠隔魔法】を駆使して別の魔法を発動させた。

「【召喚】アモン！」

俺が唱えると、【召喚】の魔法陣が一番目の輪の手前に現れた。

アモンが速度を落とさずに出てきて、俺が作った風の道に乗って一つ目の輪をくぐる。

その瞬間、俺はさらに唱える。

「【召喚】、アモン！」

魔法陣が二番目の輪の手前に出現し、【召喚】されたアモンが輪をくぐる。

俺たちの技に会場がどよめく。だが、今はそれに気を取られてる場合ではなかった。

輪は残り八個。俺はあと八回アモンを【召喚】する必要がある。

俺が少しでも召喚の位置を間違えると、相棒が足場を踏み外したり、輪にぶつかったりする危険がある。

だから、集中力を切らすわけにはいかないんだ。

俺たちは三番と四番の輪を同じ方法で攻略した。

「【召喚】、アモン！」

あと五回。高い位置にある輪をなんなくアモンがくぐり抜けた。

六番、七番を同様に移動していった。

「【召喚】、アモン！」

あと二回。俺は輪だけを見つめ、八番をくぐったアモンを【召喚】し、九番の輪の前に呼び出す。

次がラストだ！

「【召喚】、アモン！」

最後の魔法陣から出てきたアモンは、トップスピードのまま十番目の輪をくぐった。

一瞬歓声が上がりかけ、すぐに静寂に変わる。

みんながタイムを計測する魔道具に注目し、息をつめて表示を待つ。

魔道具が光り、タイムを映し出した。

二十一秒だ！

その瞬間、大きな歓声が上がった。

俺は帰ってきたアモンを思いっきり抱きしめる。

「ありがとう、アモン」

心からの感謝の言葉だった。

きっとみんなは、俺の【並列魔法】、そして【遠隔魔法】を駆使した連続【召喚】を褒めてくれる。

でもこのレースに勝てたのは、アモンが俺を信じ、スピードを落とさずに走りきったからだ。

競技エリアを出て他の選手たちのところに戻ると、みんな拍手で迎えてくれた。

「今回ばかりは勝ったと思ったんだけど……まさかあんな大技をやってのけるなんてね。さすがすぎるよ」

マルコは笑って俺を労った。

チーちゃんはアモンの背中に乗ってじゃれている。

みんなが口々に俺たちを褒め称え、第一競技は幕を閉じ……なかった。


進行役の男がちょっと気まずそうに、声を張って話し始める。

「えー、みなさんお静かに……あと一組、出場者が残っています。この方々です！」

男の紹介であたりを見渡すと、確かにいた。

大きくて黒い帽子《ぼうし》を被ったおじいさんがゆっくりと競技エリアに入っていく。

『ライル、あの人に気付いてた？』

『わかってはいたけど……てっきり、観客のおじいちゃんが間違って下りてきちゃったのかなと思ってた』

だって手とか震えている。かなり高齢のおじいさんだ。

「儂は嬉しい！」

突然、おじいさんが大声を上げた。

「ずっと日の目を見なかった従魔術に……こんな優秀な若人《わこうど》がたくさん……！」

何やらブツブツと言いながら、泣いているみたいだ。

そんな姿を見て、マルコが「さすがだな」と呟いていた。

俺は尋ねる。

「もしかして、あの人が誰だか知ってるの？」

「うん、アルさんだよ。いろんな意味ですごい人だから見てて」

俺もさっき【魔天眼】で魔力の流れを確認し、大きな帽子の秘密に気付いたから、おじいさんが只者《ただもの》じゃなさそうだってことはわかっているんだけど……

「ライルよ！　最年少従魔師の記録更新。誠《まこと》にあっぱれである。ならば儂は最多従魔記録を持つ者として、今ここに生き様を見せよう！」

アルさんは俺を名指して称えると、そのまま帽子に手を掛けた。

「見よ！　我が愛しき従魔たちを！」

帽子を取ったアルさんの頭には、小さなキノコがびっしりと生えていた。

【魔天眼】で魔力の流れを見ていたから、多少覚悟はしてたけど、やっぱり実物は迫力がある……

俺は顔が引きつりそうになるのを堪えた。

「あぁ、すまん、すまん。日光は苦手じゃもんな」

おじいさんはキノコたちに謝り、再び帽子を被った。

『ライル……あれってまさか……パラサイトマッシュ？』

アモンの声からドン引きしているのが伝わってきた。

俺は『うん……』と【念話】で返す。

というかアモン、パラサイトマッシュなんてよく知ってたな。

「大々的に公表していなかったが、儂は十年前の時点で五十匹以上の従魔……パラサイトマッシュがいた」

あ、そういえば昔、マルコがそんな話をしていた気がする。

「それが今や九十三匹！　百に迫っているのだ」

いや、すごいけどさ……

急に言われてもみんな困ってる。

『従魔の最多記録、もうライルが抜かしちゃっているけどね。シルバーウルフだけで百五十匹以上いるでしょ？』

『それはまだ隠しているんだから、絶対言っちゃダメだよ』

ボソッと呟くアモンに、俺は釘《くぎ》を刺した。

「えっと……その従魔は日光に弱いみたいですが、大丈夫ですか？」

進行役が心配そうに聞いた。

「まぁ、見ておれ」

アルさんは【亜空間】を発動させ、日傘を取り出す。

「日の光はこれで大丈夫じゃ。ちょっと乾燥《かんそう》するが、みんなでせんちゃんを応援したいからのう」

日傘を差したアルさんが、再び帽子を取る。その頭から一匹のパラサイトマッシュが離れて、スタート地点に立った。

アルさんから離れたことで、シメジくらいのサイズだったパラサイトマッシュ……せんちゃんが、エリンギくらいに大きくなった。

例の如《ごと》く、十個の輪っかが浮かび上がり、スタートの合図が鳴り響く。

するとせんちゃんがプルプルと震え出して、ゆっくりと宙に浮いた。

十秒くらいかけて、やっとアルさんの胸の高さまで到達する。どうやらせんちゃん自ら魔法か何かで浮こうとしているみたいなんだけど、発動が不安定みたいだ。時々ガクッと十センチメートルくらい下がっては、なんとか持ち直してまた浮き上がる。

言うまでもなく、俺とアモンの一位はすぐに決まった。

だけどアルさんはタイムなんか気にもしていなかった。【グラビティコントロール】を発動させて、自分も浮き上がり、日の光が当たらないように日傘を差しながら「せんちゃん！　頑張れ！」と声をかけ続けている。

「なんかすごい人だね……」

近くに立ったカールが、俺に声をかけた。

それはおそらくアルさんの奇人っぷりに対してだろう。

だけど俺やハンナ先生など魔法に精通《せいつう》する一部の人間は、彼の本当のすごさに気付いていた。

俺はカールに解説する。

「パラサイトマッシュはね、寄生した相手から常に魔力を奪うんだ。数匹ならともかく、百匹近くに寄生されているなんて通常はあり得ない」

「えっ、あの人、あれだけたくさんのパラサイトマッシュに魔力を吸われ続けているの？」

「それもかなりの量の魔力をね。離れたせんちゃんがあんなに元気に動けるくらいに」

ハンナ先生が補足を入れる。

「それだけじゃないわ。【グラビティコントロール】で自らを空中に浮かせる技は難度が高いのよ」

「アルさん、声や手は震えているのに、体の中心は全くぶれていません。ずっと安定して【グラビティコントロール】を使っています」

『でもライルはもっとたくさんの従魔に魔力を送っているよね？』

俺が話していると、アモンが聞いてきた。

『俺は【魔力超回復】っていう魔力を回復し続けるスキルがあるからね。これって自然の気を魔力に変えているから、どこでも使っていられるんだ』

『じゃあ、あの人にもそういうスキルがあるってこと？』

『その可能性はあるけど、いずれにしてもすごいよ。魔力の回復を繰り返せばそれだけ体に負荷がかかる。高齢になって体は衰えているはずなのに、それができるなんて』

そんな話をしているうちに、せんちゃんがやっと一つ目の輪をくぐった。

「よくやった、せんちゃん！　その調子じゃ！」

開始からすでに三分以上が経過している。

まだまだ道のりは長いけど、それでも一生懸命なせんちゃんが、だんだんと健気に見えてきた。

「頑張れ、頑張るのじゃ！　みんなも一緒じゃ！」

アルさんは変わらず、力強く応援し続けていた。

アルさんの頭から生えている他のパラサイトマッシュも、必死に体を振っている。それが彼らの精いっぱいの応援なのだ。

次第にみんな、せんちゃんから目を離せなくなっていた。

二番目、三番目、四番目の輪を通過していくせんちゃん。

ここは下りコースだから、少しスムーズに進んだ。

それでも四分くらいはかかったけど、問題は上りになる五番目から……

それは傍《はた》から見ればおかしな光景だった。

体を震わせながら浮いているキノコと、日傘を差して懸命に応援するキノコの生えた老人。固唾《かたず》を呑《の》んで、その光景を見守る人々。

もうすぐせんちゃんが七番の輪に到着する……その時だった。

せんちゃんが今までにないほど大きく落ちたのだ。

その様子に会場から悲鳴が上がった。

だけどせんちゃんは一メートルくらい下がったところで持ち直す。

「せんちゃん、頑張って！」

ついに誰かが声を上げた。

それをきっかけに、会場のあちらこちらからせんちゃんへの声援が聞こえ始める。

輪を一つくぐる度に、歓声が上がった。

『せんちゃん、頑張ってー！』

アモンも一生懸命応援している。

いつしか応援の声は会場を埋め尽くすほどになった。俺だって気付けばその一員だ。

せんちゃんが十番目の輪をくぐった瞬間。

青空に俺たちの歓声が響いた。

その時にはスタートから二十分を優《ゆう》に超えていたけれど、タイムを気にしている者なんて誰もいなかった。


せんちゃんを頭に戻して着地したアルさんは、力尽きるように地面に腰を下ろした。

俺はすぐさまアルさんのもとへ行き、肩を貸した。

競技エリアは、次の競技の準備のため三十分ほど閉鎖《へいさ》される。

俺はアルさんを連れて救護室に向かい、それにマルコとカール、テッド、ユアナ先輩とハンナ先生がついてきた。

「みんなして心配せんでも、疲れただけじゃわい」

アルさんが救護室のベッドに腰を掛けて言った時、入口の方を見ていたテッドが飛び上がった。

「あ、あなた方は……まさか……」

何ごとかと思い振り向くと、そこには父さんと母さんが立っていた。

ノクスも一緒に来たみたいで、スーッと飛んできて、アモンの頭の上に着地する。

「なんだ……父さんと母さんか。テッド、びっくりさせないでよ」

俺がそう言うとテッドは興奮を抑えきれない様子で、俺に迫ってきた。

「だってお前、幻のパーティ『瞬刻の刃』のお二人だぞ！　伝説の冒険者が目の前にいるんだ！」

あぁ、そうか。ただでさえ人気者な俺の親だけど、テッドは特に英雄譚《えいゆうたん》とかそういう話が好きなんだった。

「サインもらってもいいですか？」

アルさんなんてそっちのけで、テッドが俺の両親に頭を下げた。

そんな彼に、母さんがアルさんを手で示す。

「伝説というなら、私よりそちらの方がふさわしいわ。ねぇ、先生？」

意味がわからない。

母さんにつられて、みんながアルさんに視線を移した。

「リナか……あれから何十年も経ったのにまるで変わらん。相変わらず少女のようだな」

「ふふふ、それは言いすぎですよ」

謙遜《けんそん》する母さんの言葉に、父さんが首肯してしまった。

おそらく深い意味はない。「本当に言いすぎだ」と言いたいわけではなく、ただ雰囲気で首を縦に振っただけだ。

しかし母さんがそれを見逃すはずもなく、父さんの足を思いっきり踏んだ。

父さんは痛みをごまかすかのように、アルさんに頭を下げた。

「リナの夫のヒューゴです。お会いできて光栄です」

父の姿を見て、俺は母さんに問いかける。

「ねぇ、母さん。アルさんが先生ってどういうこと？　それに父さんまで……」

「そのままの意味よ。彼こそが、かの英雄、『空駆《そらか》ける朱槍《しゅやり》』マルガネスだもの」

だものって言われても……俺は全然知らないんだけど。

そう思っていたら、マルコ以外のみんなが唖然としている。

「もしかして有名な人なの？」

思わず俺が聞くと、みんながぎょっとした視線を一斉に向けてきた。

「冗談はよせよ、ライル！　バーシーヌ王国最後のSランク冒険者を知らないのか⁉　俺はな、この人に憧れて槍使いになったんだよ」

あー、確かにテッドがよくそんなこと言ってるな。

でも、テッドっていろんな英雄に憧れて、戦闘スタイルをころころ変えるミーハーだからいちいち気にしてないんだよね。

『この間は、これからは拳の時代だって言ってたのにね』

そうそう。アモンの言う通りだ。

なんでも学園を訪れた旅の格闘家の型を見て、影響されたとかなんとか……結局、「拳は地味だ」って言ってすぐにやめてしまったけど。

俺は頷きかけて、気付く。

『ねぇ、なんでアモンがその話を知っているの？　俺、そのことまだ言ってなかったよね』

『え？　えーっと、学園に行った時にイゾルド先生に聞いたんだったかなぁ』

そういうことか。

アモンが従魔を預かるようになってから、イゾルド先生、結構アモンを気にかけてくれてたもんな。

一人で納得していた俺に、横から声がかかる。

「ねぇ、ライル。本気で言っているの？　テッドみたいな英雄オタクじゃなくても常識よ」

ユアナ先輩に聞かれ、頭をポリポリと掻きつつ口を開く。

「いや、本当に知らなかったんです。俺、英雄譚があんまり得意じゃなくて……」

両親の方をちらっと見ると、それだけでユアナ先輩とハンナ先生は察してくれた。

どんな書物でも幅広く読んで勉強しようと心がけている俺だが、英雄譚だけはどうしても避けてしまう。

だって作品によっては、自分のおじいちゃんや両親が出てくるから。

ただでさえ、周りから俺の身内の逸話《いつわ》を聞かされることがあるのに。

ハンナ先生がアルさん……マルガネスさんに話しかける。

「でも、マルガネス様なら【グラビティコントロール】の精度も納得です。もっとも無属性魔法を極めた方として、今でも語られていますから」

「なんの属性魔法も使えんかったから、無属性を極めるしかなかっただけじゃよ」

「そんなことあるんですか？」

ユアナ先輩が声を上げた。

扱える魔法属性はその人の資質に大きく左右され、四元以外の属性魔法は資質なしの習得は極めて困難とされている。

逆に言えば、基本属性とされている地水火風の四属性については、どんな人でもある程度は扱えるというのがこの世界の常識だ。

「普通はないな。だが、儂の場合はそれに代わる強いスキルを持って生まれてしまった」

アルさんの呟きを拾って、ノクスが『きっとマルコの力と一緒だね』と【念話】してきた。

ノクスの言う通り、マルガネスさんの力は代償《だいしょう》のあるスキルなんだろう。

マルコのユニークスキル【安寧《あんねい》なき夜《よる》】は疲労を超回復する有用なスキルだが、一定以上の疲労になるとスキルが勝手に発動し、そのあと十日ほど寝られなくなる。

おそらく、強力なスキルの代償として無属性以外の魔法が使えないということだろう。

彼がたくさんのパラサイトマッシュに寄生されて平気な理由も、そこにあるに違いない。

『そうやって考えたら、強力なスキルを代償なしに使っているライルは反則だね』

一部のスキルに代償が伴うことを知った時、俺もノクスと同じことを思った。

ヴェルデ曰く、代償は魂の位に見合わないスキルを持つと発生するものらしい。

「ライル様がユニークスキル【共生】をお持ちでも代償がないのは、魂の位が高いからに決まっています」とヴェルデは太鼓判を押してくれた。

また、俺のスキルは彼がスキル【系譜の管理者】で統合したため、強力になっているものが多く、もともと代償を伴うような力ではないらしい。

例えば【魔力超回復】は【魔力錬成】と【光合成】というスキルを統合したものだ。

自然の気を魔力に変換する【魔力錬成】は、鍛錬次第で習得できるため森の民でも何人か持っている。

光を浴びると魔力の回復速度が上がる【光合成】は、人族で使えるのがレアなだけで、植物系の魔物は所持していることが多い。

つまり、珍しい組み合わせのスキルを持っていて、かつ、たまたまヴェルデみたいな有能執事がいたからこそ、成立している特殊なスキルだったというわけだ。

ちなみに、ヴェルデの【系譜の管理者】も代償が発生しないとのことだった。

それより、今はマルガネスさんの話だ。

「母さんはマルガネスさんを先生って呼んでたけど、どういう関係なの？」

「ライル、ゴーガンのことは知っているわよね？」

「アンジェラさんのお父さん……だよね？」

ゴーガンさんはアンジェラさんの父にして医療ギルドの創設者。瘴気の病の治療法を発見した人だと授業で習った。

「ゴーガンはね、マルガネス先生と、奥様のリノア先生の弟子だったのよ。私は森を出てしばらく医療ギルドで働いてたから、ゴーガンに倣《なら》って先生と呼ぶようになったの。リノア先生だって医学書に名前が出てくるような有名な人なのよ」

「リノアヒーリングか？　はははは、今でもそう呼ばれておるか！　これは愉快じゃ！」

マルガネスさんが笑って言った。

魔法医療において、最も注意すべきとされている過回復。

かつてそれを用いてドラゴンを倒した事例があった。回復魔法は時に危険だという教訓として、そのドラゴン殺しの事例……リノアヒーリングは今も語り継がれているのだ。

「妻は人並外れた魔力量を持っており、扱える属性もかなり多かった。特に聖魔法の資質に恵まれていた……なのに繊細《せんさい》な魔力操作に関してはてんでダメで、【ファイアボール】すら狙い通りに撃てなくてのう。だから、回復魔法の要領で直接触れて魔力を叩き込む荒業《あらわざ》で魔物を倒しておったんじゃ。ところが、魔物は木っ端《こっぱ》みじんになったり、変異して素材として使えなくなったり……リノアが倒すと肉も素材もロクに取れないから、稼ぎが少なかったわ」

マルガネスさんが懐かしそうに笑って、思い出を振り返った。

魔物の討伐依頼は成功報酬の他に、魔物から取れる肉や角、骨、皮などを採取し売って追加報酬を得ることができる。過回復なんか使って魔物を倒したら、稼ぎが減るのは当然だ。

まぁ、過回復を武器にする冒険者ってまずいないんだけどね。魔力消費がえげつないし。

「弟子のゴーガンがすごかったのは、観察力じゃ。妻の過回復による戦闘を注視して、どこに魔力をぶち込めば肉体がはじけ飛ぶか、その肉や素材はどんな風に変異しているかを見てたんじゃ」

「まさか……そこから魔法医療の基礎を作ったんですか？」

俺の問いをマルガネスさんは首肯した。

ゴーガンさん……会ったことはないけど、本当にすごい人だ。

俺の【魔天眼】は魔力の流れを見る力だが、これは血統由来のファミリアスキル。彼が持っていた可能性は低い。ゴーガンさんはどうやって観察したんだろう。

「本当の天才というのはやつのような者を言うんじゃゃ……今はどこで何してるんだか」

アンジェラさんにギルドを引き継いだあと、ゴーガンさんは医療の普及のために旅立ち、消息《しょうそく》不明になったらしい。

「先生、今まで何をされてたんですか？」

母さんがマルガネスさんに聞いた。

「ただ生きておった。妻があんな死に方をして、何もしたくなくなった。儂が生きることがあいつの最期の頼みじゃったから、誰にも会わず、何もせず、ただ暮らしていた」

静まり返ったみんなを見回し、マルガネスさんは話を続けた。

「儂は外の世界から物理的に断絶した空間を作り、そこに引きこもった。じゃが完全に断絶したつもりが、ほんの少し隙間があったみたいで、この子……パラサイトマッシュの胞子《ほうし》が入ってきてしもうたようでな。寄生されたものの、駆除する気力さえなく放っておいた。気付いた時、頭に生えたキノコは七本になっていた」

パラサイトマッシュは生長も繁殖《はんしょく》も遅い。

多分、それらが育つまで数年は経過していたのではないだろうか。

「ある日、頭から一本のキノコが落ちて、外に出たいとピョンピョン跳ねた。以前から儂の頭を引っ張ろうとする気配があったから、動かぬ宿主《やどぬし》が嫌になって、出ていきたくなったのだろうと思った。出口を作ってやるとすぐに外へ出ていった」

ところが数分後、マルガネスさんは出口を作った場所を何かが叩いているのを感じたらしい。気になって開くと、出ていったはずのパラサイトマッシュが体に花をくっつけていた。その子は彼の手の上に花を置き、また頭の上に戻った。

「もしやマルガネスさんのために外へ？」

父さんにそう聞かれて、マルガネスさんは微笑んだ。

「そうだったんじゃがな……当時の儂にはその発想が浮かばなかった。だから、従魔術を使って、直接聞いてみようと思ったのじゃ」

俺も気になったので質問してみる。

「それまで従魔術の経験はなかったんですか？」

「従魔契約の有用性が見出《みいだ》せなかったからの。ペットを飼う余裕もなかったしのぉ」

まぁ、これが一般的な従魔術に対する考え方ではあるんだよな。

「で、魔力操作だけは得意だった儂は【念話】に成功した。そしてなぜこんなことをしたのか聞いた。そうしたら『生きてほしいから』と返事があったんじゃ」

そう言いながら、マルガネスさんは頭に生えたキノコのうち一本を指で撫でた。

撫でられたキノコはくすぐったそうに体をくねらせている。

「心が鈍っていた儂は、この子の真意に気付けんくてな。『すぐに死にはしない。好きに体を使えばいい』と伝えた。そしたらの……『花がきれいと思うこと。それが生きる』と言われたんじゃ」

その一言で、マルガネスさんは目が覚めたのだという。

「それはリノアの口癖《くちぐせ》じゃった。パラサイトマッシュがくれたのは妻が好きな花じゃ。その花が近くに咲いてたからこそ、そこに断絶した空間を作ったはずが……儂はそれすら忘れておったんじゃ」

「パラサイトマッシュが奥様を知っていたってことですか？　まさか生まれ変わり……」

ハンナ先生がそう聞いたが、マルガネスさんは首を振って否定した。

「そんな都合のよいことはないだろう。パラサイトマッシュは魔力を吸収する際に、宿主の記憶の一部を見ている。おそらくそれで知ったのだろうな」

以前、同じような説が書かれている本を読んだことがある。

この世界において、俺が記憶は全てのものに宿ると考えるようになったのも、その本がきっかけだ。

「やっと儂はこの子が花を持ってきてくれた意味に気が付いた。それも苦手な日の光に満ちた外の世界に出てまでな。そのおかげで、儂はもうずっと己が生きていなかったのだと自覚したんじゃ」

それからパラサイトマッシュたちと従魔契約したマルガネスさんは、その空間で従魔術の研究を続けたそうだ。

母さんが彼に尋ねる。

「どうして先生は外へ出なかったんですか？」

「この子たちの成長にあの空間は環境がよかった。まぁ、あとは……正直言えば自尊心か。かつての儂は、結構イケメンじゃったからな。トレードマークの赤い髪をほどくと、おなごからキャーキャー言われたもんじゃが、かなり見た目が変わってしまったからのう」

赤い髪をほどく？

そういえば、どこかで赤髪の冒険者の絵を見かけたことがあったような……

「あ！　もしかして冒険者ギルドに飾られている絵の人って、マルガネスさん？」

「そうだよ！　ライル、マジで今気付いたのかよ⁉」

テッドに驚かれてしまった。

いやだって……あの肖像画《しょうぞうが》が在りし日の姿だとすると、本当に面影がない。

「ほほほっ、大昔じゃからのう……お前は儂のファンみたいじゃが、実物を見てがっかりしたじゃろ？」

「してません！　あなたはずっと憧れの人です！　俺もパラサイトマッシュを従魔にして、あなたのような立派な英雄に……痛っ、何すんだよイッセン！」

憧れのせいで暴走しようとしている相棒を止めるべく、イッセンは自慢の角をテッドの腕にぶっ刺した。

まぁ、真似してパラサイトマッシュに寄生されたら下手したら死ぬしな……普通は。

「マルコはどうしてマルガネスさんを知っていたの？」

「ちょっと家の関係でたまたま会ったことがあるんだ」

あ、そっち系ね。聞いちゃってごめん。

マルコの家族って代々暗殺者業をしているもんね……英雄がリストに載ることもあるか。

「もちろん、会う前から名前は知ってたけどね。従魔術のこと、アルさんの本で学んだんだ」

本？

「研究成果を発表したくてな、従魔術の本やパラサイトマッシュに関する本を何冊か出したんじゃ。全然売れんかったが」

そう言って苦笑いするマルガネスさんの様子に、俺はとある人名を口にする。

「もしかして、マルガネスさんのペンネームってリーガス・アルマですか？」

「おぉ、知っていたのか！」

「はい！　あなたの従魔術の本は素晴らしいです！　それにパラサイトマッシュに関する考察が書かれた本も……あぁ、なんでもっと早く気付かなかったんだ！　俺、あなたの本を読んで、記憶は魔力をはじめとした万物に宿るのではないかという着想を得たんです」

「あの本からそこまで発想を飛ばせるとは、面白い逸材《いつざい》だな」

「いえ、そんな……」

尊敬していた本の著者に褒めてもらって、思わず照れてしまった。

父さんが俺の肩を叩き、聞いてくる。

「ライル、マルガネスさんの本を読んだことがあったのか？」

「当たり前だよ！　リーガスさんの本はそこら辺の従魔術の本とは全然違うんだ！　魔力と精神、

魂、絆……そういう従魔術に大切なことが、ちゃんと論理的に書かれているんだ。従魔師なら誰でも知っていると思うよ！」

熱弁する俺に動揺したのか、父さんが他の従魔師たちに視線を送る。

「いや……俺は知りませんでしたけど……」

「失礼ながら、私も存じませんでした」

「私もよ……でもご本人が売れなかったって言っているし……」

カール、ハンナ先生、ユアナ先輩が申し訳なさそうにした。

「俺はこれから読みます！　買います！　家宝《かほう》にします！」

テッドだけは相変わらず、憧れにまっすぐだ。

母さんが首を傾げる。

「ではずっと外に出なかった先生がどうして今、聖獣祭にいらっしゃったんですか？」

「今、バーシーヌに若い従魔師が続々と誕生し、多くの才能が王都に集まっているのを知ってな。見に来たんじゃ」

そう答えたマルガネスさんは、近くに止まっていたチーちゃんの胸を指先でモフモフした。

多分、マルコが手紙で知らせたんだろうな。チーちゃんの懐き方を見ればわかる。

ずっと連絡を取り合っていたんだろう。

彼が従魔の最多契約記録保持者であること、何年も前から知っていたみたいだし。

「驚いたよ。従魔師のための野営地があり、従魔と人が当たり前のように町を歩いている。それどころか仕事まで一緒にしているとは……そして従魔と従魔師のための大会まで開かれると聞いたら、見届けないわけにはいかなくなった。参加するつもりはなかったんじゃがな」

遠くから見て、それで帰ろうと思っていたらしい。

「だがせんちゃんが『思い出が欲しい』と言ってな。儂はじきに寿命じゃ。この子たちもそれはわかっておるのだろう。だからここに遺《のこ》そうと思った。儂とこの子らの生きた証を」

とても見事な【グラビティコントロール】で自分を浮かせていたマルガネスさんが、魔法でせんちゃんをサポートしないこと、不思議だったんだ。

彼には【並列魔法】を習得する技量はあっても、それを発動するほどの力は残っていなかった。

せんちゃんに【グラビティコントロール】をかければ、長時間日光にさらすことになる。

自力で飛ぶせんちゃんに日傘を差して、精いっぱい応援する。

それが今のマルガネスさんとせんちゃん、他のパラサイトマッシュたちの全力だった。

「従魔術は奇跡だ。異なる種族が魂を繋げ、心を通わせ、未来に進む奇跡の魔法だ。君たちの姿を見て改めて実感した。だから、儂も今の全力を尽くした。みっともなくて、馬鹿にされようとも、過去の栄光に傷がつこうとも」

憧れの英雄の自虐《じぎゃく》的な物言いを聞いて、テッドが泣きながら首を横に振っていた。

そんな彼の頭にマルガネスさんは手を伸ばし、優しく撫でた。

「今日の儂は――もう英雄でもなんでもない老人は、君たちに何かを残せただろうか？」

テッドは、そして俺たちはしっかりと頷いた。

その後、残りの第二競技から第五競技までが行われた。

マルガネスさんとせんちゃんを超える盛り上がりは作れなかったけど、俺たちは精いっぱい、競技に挑み、楽しんだ。

結果、俺とアモンは第二競技と第四競技でも一位を取り、合計三種目で一位に。

第三種目はマルコが、そして第五種目はなんとテッドが一位を獲得した。

全部の種目を終えて、マルガネスさんに結果を報告するために、俺たちは救護室に向かった。

ところが、救護室にすでに彼の姿はなく、全員分のサイン色紙だけがベッドの上に置かれていた。

俺は自分の名前が書かれた色紙を手に取る。そこには、ある特別な名前でサインが記されていた。

落ち込むテッドに、母さんは「先生から預かったものがあるから、家に帰って開けなさい」と言って、こっそりマジックバッグを渡していた。

朱色の魔槍《まそう》を受け継いだテッドの英雄譚が書かれるのは、まだまだ先の話である。

◆

その日の夜。

例年、聖獣祭の開催期間中は王城で毎夜パーティーが行われる。

ところが、昨年死んだジーノさんの偲《しの》ぶということで、今回は最終日のみの開催と告知されていた。

その代わり……というわけではないが、俺はある場所に招かれている。

冒険者ギルドの裏手から入る、本来なら子どもは入れないはずの場所。

そこには、「本日特別休業」と記された看板が掛かっている。

両親、そしてアモンとノクスと一緒に、俺は中に入り、階段を下りた。

冒険者の酒場には、すでに酒を飲んで盛り上がっている冒険者たちがいた。

なんだかベテラン勢ばかりだな。

俺たちに気付き、各々が声を上げる。

「おぉ！　遅かったじゃないか！」

「リナさんは相変わらずきれいね」

「ヒューゴ！　てめぇ、知らない間に俺たちのリナさんと結婚してたなんて……」

「お前、もう酔ってんのかよ」

父さんと母さんは十年以上ぶりにここ、冒険者の酒場を訪ねたらしい。

だからここにいるほとんどの人が、久しぶりの再会なんだ。

みんなそれが嬉しいのか、どんどん近くに集まってくる。

おかげで、冒険者たちに比べて背丈が小さい俺とアモン、ノクスは、次第に窮屈になってきた。

「おい！　お前ら、道を開けろ」

俺たちのあとから冒険者ギルドのギルマス、グスタフさんがやって来た。

「二人とも、元気だったか？」

「えぇ、ライルがお世話になっているわね」

「グスタフも元気でやってるか？」

そう答えた父さんが、グスタフさんに握手を求める。

「あぁ、お前らの息子は本当に優秀な冒険者でな……」

満面の笑みを浮かべ、グスタフさんが父さんの手を握った。

そして、グッと彼を引き寄せて囁《ささや》く。

「おかげ様で俺は禿《は》げそうだよ」

うん。俺には何も聞こえなかった。聞いてなかった。それでいい。

「まぁ、俺らも話したいことはあるが今じゃなくてもいい。今日の主役はこいつだからな」

「リナ！　ヒューゴ！」

グスタフさんの背後から、金髪を巻いたきれいな女性が顔を覗かせた。

母さんが表情を明るくする。

「シンシア！　久しぶりね。元気にしてた？」

「まぁまぁね。あなたたちも元気そうね」

シンシアと呼ばれた女性の返事を聞き、父さんも嬉しそうに言う。

「おかげ様でな。お前はいつ王都に着いたんだ？」

「昨日の夕方よ。来賓だからってことで王城に泊まってる。二人こそ、いつ来たの？」

「今日の昼頃ね」

「どうせ開幕式に参加したくないから遅れて来たんでしょ」

「ふふふ、正解」

「やっぱりね。式にいなかったから、絶対にそうだと思った」

同級生に会うみたいに、嬉しそうにしている母さんとシンシアさん。

挨拶のタイミングを窺っていると、父さんが俺の服の裾《すそ》を引っ張り、前に連れ出した。

「紹介するよ。俺とリナの息子のライルだ」

「はじめまして、ライルです。それから従魔のアモンとノクスです」

『アモンだよ。よろしくね』

『僕はノクス！』

俺に続き、アモンとノクスもしっかり挨拶する。聞こえてなくても、気持ちが大事だ。

「私はシンシアよ。あなたのご両親とは同じ冒険者パーティだったの」

「はい。知ってます。ジーノさんと四人で『瞬刻の刃』だったんですよね」

そう答えた瞬間、騒がしかった周囲の冒険者が急に静かになった。

失敗した……俺はジーノさんが元気にしていると知っていたからつい……

「あ、そうだ、あなたのこと見てたわよ。聖魔競技大会で大活躍だったわね」

青ざめていると、シンシアさんが素早く話題を変えてくれた。

俺はすかさず乗っかる。

「はい。相棒のアモンがすごく頑張ってくれました」

「何を言ってるのよ。アモンのすごさはもちろんだけど、連続【召喚】に加えて、【並列魔法】と【遠隔魔法】の精度はかなりのものだった。まさか、あれ以上の盛り上がりがあるとは思ってなかったけどね」

「そうだ！　マルガネスが来てたんだろ？」

シンシアさんの言葉に、近くのベテラン冒険者が興奮したような声を上げた。

「もう噂になっているのね。さすが王都ね」

母さんがため息交じりに言った。

多分、王都の噂話があんまり好きじゃないんだろう。

発言した冒険者はそんな母さんに構わず、悔しそうにしている。

「俺、急いで第四競技から見に行ったのに帰っちまっててさ」

「うちの天使が出場しているのに、最初から見に来なかったお前が悪いな」

父さんはこんな大勢の前でやめてくれ……マジで。

周囲の冒険者たちはマルガネスさんの話題で持ちきりだ。

「よぼよぼのじいさんだったんだろ？　タイムもすごい遅かったって」

「馬鹿野郎！　何言ってんだ！　あれは伝説だよ。年老いてもなお英雄だった」

実際に競技大会を見ていたらしい男性が力説する。

「『英雄になるのは簡単だ。震える時は大地を踏み、困難な時こそ空を仰《あお》げ。己と愛する者を守る者。それはみな英雄なんだから』……あの言葉通りだったぜ」

どうやらマルガネスさんの名言らしい。

「大地は踏んでなかったし、日傘で空も仰げてなかったけどね」

「シンシア、お前なぁ……夢を見させてくれよ」

シンシアさんのツッコミに、熱く語っていた男は肩を落として言った。

だけどシンシアさんはさらに続ける。

「私はあなたたちほど夢見がちじゃないから。とはいえ、そんな私でも心が震えたわ。彼は今も間違いなく英雄よ」

シンシアさんが断言すると、酒場はおぉっと盛り上がった。

「ったく。昔っから遠回しな言い方しやがって、素直に褒めろよ」

父さんがからかうと、シンシアさんは「悪かったわね」と返した。

「そう言えばカールがサインをもらったって自慢してたぞ。ライルも受け取ったんじゃないか？」

「マジか！　拝ませてくれよ」

後ろから酔っぱらいのおじさん二人に声をかけられた。

「いいですけど……見てもわからないと思いますよ」

「なんだよ。俺らが万年Bランクだからか？」

いや、そんなこと言ってないけどさ……でも見せないと仕方ないか。

俺は【亜空間】にしまっていた色紙を出した。

「おい、これ誰のサインだ？」

「リーガス……ア、ルマ？」

予想通りの反応にやっぱりと思っていたら、急に肩を強く掴まれる。

「ちょっと見せて！」

シンシアさんがすごい形相で俺に詰め寄った。

俺はその気迫に押されるように色紙を渡す。

「本当だ……え、なんで、どういうこと……つまりそういうこと？　そうよね、そうだわ……あぁ！　なんでパラサイトマッシュを見た時点で気付けなかったのかしら」

「シンシアさんもリーガス・アルマをご存じなんですか⁉」

「ご存じに決まってるじゃない！　リーガス・アルマはね、従魔術の肝である魂の繋がりについて、初めて理論化に挑んだ人だもの」

「わかります。他の本はその辺を表面的な言葉でごまかすんですよ。いや、信頼とか思いの力とか、実際に間違ってはないんですけど、筋道立てて説明しようって覚悟がなくて……なんていうか……」

「独りよがり！　従魔術を習得した自分に酔ってる感じ」

「そうです！　でもリーガス・アルマの本は、従魔師と従魔の関係を多角的な視点から捉えていて、従魔術を少しでも広めたいって気持ちが伝わってくるんです」

「わかるわ。彼の本って理路整然《りろせいぜん》としているのに、従魔術への愛が隠しきれていないの。まさか英雄マルガネスが、リーガス・アルマその人だったなんて……今日、私は彼の愛の結晶を見たのね」

「はい。素晴らしいレースでした！」

盛り上がる俺とシンシアさんに、周りの冒険者たちがぽかんとしていた。

父さんと母さんだけは「やっぱりね」と頷き合っていた。

「リーガス・アルマの本をご存じということは、シンシアさんも従魔術を習得されているんですか？」

俺が聞くと、シンシアさんは少しトーンダウンした。

「あぁ、それは無理なのよ。憧れはあったんだけど、私って極端に魔力が少ないの。【念話】に魔力を割くのももったいないくらい。現実的じゃないから諦めたわ」

「そうだったんですね。すみません、知らなくて」

「あぁ、いいのよ。おかげで私はこの国に来ることができて、冒険者になれたんだから」

魔力がないからこの国に来られた？

気になる言葉に首を傾げると、シンシアさんが説明してくれる。

「私の故郷、ベマルドーンがどんな国かは知っている？」

「はい。王立図書館の本で勉強して、少しですが知っています」

魔道大国ベマルドーン。

大戦の時代に魔道具開発で発展した国で、当時、侵攻《しんこう》されにくいよう雪山の麓《ふもと》に作られた要塞《ようさい》がそのまま現在の首都になっている。

大戦終結後は、その魔道技術を活かした農業大国として名高い。

年中雪で覆われる立地でありながら、魔道具の力で温度、湿度、光、風の流れ、水などをコントロールし、農作物を育てているのだ。

それらを話すと、シンシアさんは頷いた。

「よく知っているわね。その通りよ。さて、都市全体の気温や光を管理する魔道具は、誰の魔力で動いてるでしょう？」

「誰って……そういう仕事をする人がいるんじゃないんですか？」

「まぁ、そうね。それがベマルドーンでは貴族の役目なのよ。あ、私こう見えても貴族の娘なの」

そうなんだ……『瞬刻の刃』ってそういう立場のある人たちばっかりだったんだな……

「ベマルドーンは魔力至上主義の国でね。魔力量が婚姻に影響するのが、今も当たり前なのよ。だから貴族から魔力の少ない子どもが生まれること自体、珍しいんだけど、私は魔力が少なかった。それもびっくりするくらい。貴族の義務を果たせない落ちこぼれだったのよ。だから国を出て、バーシーヌに来たの。魔力が少ない事実は覆《くつがえ》せないけど、この国なら選べる道は多いから」

確かに。俺の知る限り、バーシーヌで魔力の量を理由にひどい目に遭ったという話は聞いたことがない。

実際、俺のクラスメイトにだって魔力量が少ない貴族出身の子はいる。

魔力量に恵まれた俺がわかったような口を利いていい話じゃないかもしれないな。

シンシアさんに尋ねる。

「でも、どうして冒険者になったんですか？」

「やっていける自信があったのよ。私がどんな冒険者だったかは聞いてる？」

「詳しくは……サポート型の魔法使いだったとだけ聞いてます」

例えば『鋼鉄《こうてつ》の牛車《ぎっしゃ》』のクラリスは『持《も》たざる御者《ぎょしゃ》』の二つ名を持つ、補助型の魔法使いだ。

これは魔道具でパーティをサポートするスタイルが『持たざる魔女』ことシンシアさんを彷彿《ほうふつ》とさせるからで……あれ？　でも、シンシアさんって魔力があまりないんだよな。クラリスみたいに魔道具をたくさん使ったら、魔力切れを起こすんじゃないか？

「なぁ、シンシア。あれを見せてやった方が早いんじゃないか？」

父さんの頼みを受けて、シンシアさんは指揮棒くらいの長さの杖を取り出した。

その杖にはなんだか見覚えがある。

「それって魔道具に術式を付与する時に使う道具ですよね？」

「そうよ。あのあたりに適当に【ファイアアロー】を撃ってくれるかしら？」

俺は頷き、シンシアさんに言われた通り、天井に向かって【ファイアアロー】を放った。

彼女はそれめがけて杖を振るう。

すると、俺の放った炎の矢が、空中でクルクル回って最後には花火のように散った。

俺はそれを見て、ぽかんとしてしまった。

「今のって……まさかその杖で魔法に術式を付与したんですか？」

「そうよ。すごいでしょ？」

『ライル、あれってライルが使ってる【詠唱《えいしょう》】と同じじゃないの？』

『違う。似ているけど全然違うんだ』

確かに【詠唱】も術式を付与するスキルではある。

【詠唱】は術式を呪文一つで呼び出し、魔法を発動させることができる。

一般的な詠唱とは異なり、正しい条件下で正しい呪文を唱えないと設定された術式が現れないのが特徴だ。

一方で魔道具による術式の付与は、命令式を職人が魔道具に刻む。

例えば、とある杖に対して火属性の魔力が込められたら、二十センチメートルの炎球を作って、先端から直進方向に時速三十キロメートルで放つ……というプログラミングをするのだ。

術式は自由に設定できるものの、難しい魔法を再現するためには複雑な式が必要となる。

たった今、シンシアさんは【ファイアアロー】に別の術式を上書きしてしまったのだ。

魔道具ではなく、魔法に直接術式を刻むのは至難《しなん》の業だ。

すごいでしょ、なんて言葉で簡単に片付けられるものじゃない。

「シンシアさん……あの一瞬で全てを計算して術式を刻んだんですか？　【ファイアアロー】の速さや軌道《きどう》、大きさなんかを全部考慮して……」

「私にはね、三つのスキルがあるの。一つは【微熱感知《びねつかんち》】。これは熱量が目で見える【熱感知】の上位スキルね。これを使って魔法発動時の熱を察知しているのよ」

【微熱感知】は初めて聞いたが、【熱感知】自体はそこまで珍しいスキルではない。

「それから【思考加速《しこうかそく》】。私は二十倍の速度まで思考時間を引き延ばせるの」

『これはライルの方が延長できるよね？』

『そうだけど……』

アモンがなぜかシンシアさんに張り合おうとしている。

俺には従魔の能力を上昇させ、その特性に応じたスキルを獲得する【共生】というユニークスキルがある。【思考加速】はシルバーウルフを従魔にしたことで得たスキルだ。

本来なら【思考加速】は所有者の修練度によって引き延ばせる時間が長くなるのだが、俺の場合は違う。従魔にしている狼たちの数に応じて強化されるのだ。

そのおかげで、今では六十倍まで時間を引き延ばせる。

また、【魔天眼】で魔力の動きを見れば、シンシアさんの【微熱感知】をある程度は真似できるだろう。

だけどさっきの彼女の行為はそういう次元の話じゃない。

秘密は最後のスキルにあった。

「三つ目のスキル【演算狂《えんざんきょう》】。簡単に言えば、計算がすごく速くなるスキルね」

「すごくってどのくらいなんですか？」

「四則演算程度なら、何桁でも一瞬で答えちゃうわよ」

【ファイアアロー】を減速させ、花火のようにはじけさせる。これを実行するには、それなりに複雑な術式が必要なはずだ。

シンシアさんは軌道の計算をはじめ、必要な情報を一瞬で計算して、術式を刻んでいるんだ。

「もしかしてシンシアさんの魔力量が少ないのは、【演算狂】の影響ですか？」

「え？　あぁ、スキルの代償なんじゃないかって？　違う、違う。【演算狂】は努力すれば誰でも獲得できる力だから」

「そうなんですか？」

「そうよ。【高速演算】の最上位互換ってところね」

「王立図書館のスキルの本にも【演算狂】なんてスキルありませんでしたけど……」

確かに【高速演算】は計算を速くする能力として有名だ。

俺の【瞬間記憶】や【速読】と同じように、学者系スキルなんて呼ばれている。

前世から文系の俺は、残念ながら演算スキルとは無縁だ。

俺の呟きに母さんが説明を入れる。

「【演算狂】はシンシアしか持ってないし、習得条件も確認しようがないの。だから公式に発表できないのよ」

「リナは大袈裟よ。私は幼い頃からずっと、目や耳から入る情報を数字にして計算していただけ」

シンシアさんが謙遜しているが、すごすぎて意味がわからない。

唖然としていると、彼女が詳しく事情を話し始める。

「私って貴族の娘だから、才能がなくても学園に通わされたのよ。でも魔力がないから、魔法の実技でできることがなくてね。ただ見学させられていたの。その時によく、先生やクラスメイトが口にした数字を足したり、引いたり、掛けたり、割ったりして遊んでいたのよ。それが習慣になったのね。いつの間にか【高速演算】スキルが【超速演算】になって、【神速演算《しんそくえんざん》】、【演算狂】って強くなっていったの」

まさに【演算狂】だ。スキルじゃなくて称号の間違いじゃないだろうか。

なんだったら【神速演算】だって初耳なのに……

シンシアさんが話を締めくくる。

「だからこそ、この戦い方に自信があった。それでバーシーヌ王国の冒険者ギルドに登録したの」

「すごいよな……俺にはどんな理屈だかさっぱり理解できないけど」

父さんが称賛したが、シンシアさんは首を横に振る。

「ライルはすぐに何が起きたか理解して、過程を考察した。とても賢いわ。本当にヒューゴの息子だとは思えない」

「それがね、そうでもないのよ。だんだんと変なところだけお父さんと似てきたわ」

母さんが茶目っ気たっぷりに言った。

シンシアさんが目を見開く。

「そうなの？」

「よく戸棚を開けっ放しにするし、水浴びのあとにちゃんと体拭かないまま出歩いちゃうし……」

そんなこと、みんなが聞いているところで言わなくても……

俺が顔を赤くしている間も、母さんの話は続く。

「あと色恋には鈍くなるところ、ヒューゴとそっくりだわ」

「あぁ……それは最低ね」

「最低なの⁉」

「最低なのか⁉」

俺と父さんは揃って声を上げてしまった。

母さんが「ほらね」と言うと、周囲が大笑いする。恥ずかしくなって、父さんと一緒に俯いた。

「それとね！　お父さんと似ているところと言えば、この間大笑いした話があってね……」

なんだか嫌な予感がする……

「ライルって、ずっと自分のことを『僕』って言ってたのよ。でも二ヵ月くらい前から『お……僕さ』みたいに何か言いかけている時があって――」

「母さん、その話は今日しなくてもいいんじゃないかな？」

俺は止めようとしたが、もう遅い。

「おぅ。どうした、ライル。俺たちに聞かれたくない話か？」

「それは絶対に聞いてからじゃなきゃ帰れないわね」

周りの冒険者たちから冷やかしが飛んできた。

失敗した。俺が恥ずかしがったせいで、逆に注目を浴びてしまった。

「それでそれで？」

シンシアさんがノリノリで母さんを急《せ》かした。

「私、その感じを見てピンときたのよ。これは『俺』って言いたいんだなって。学園ではずいぶん

前からそうだったみたいだし。ある夜、ついにライルが『俺、明日は早いから寝るね』って挨拶してくれたんだけど……『俺』って言った瞬間、声が裏返ったのよ」

シンシアさんが大爆笑する。

周りも笑いながらからかってくるので、俺はふてくされた。

すると、腑《ふ》に落ちないと言いたげな父さんが口を開く。

「確かにあの時は笑ったけど……なんであれが俺と似ているって話になるんだよ」

「『瞬刻の刃』で挑んだクイーンガルーダ討伐依頼、覚えていないの？　あなたのせいで逃げられそうになったじゃない」

「は？　あれはシンシアが術式の付与をミスって、最後の一撃が不発になったからだろ？」

父さんは母さんに同意を求めたみたいだが、母さんはシンシアさんの味方だった。

「不発になった原因がヒューゴなのよ。あなたがライルと同じことしたせいで、連携が乱れたの」

「同じって……俺は小さい頃から自分のことはずっと『俺』って言っているぞ」

「あなたの場合はリナの呼び方よ。もともと『リナさん』って呼んでたのに、クイーンガルーダと戦っているうちに熱くなったのか、勢いで呼び捨てにしたでしょ。その時は気付かなかったんでしょうけど、最後の連携を決める時には完全に意識してて……『リナ』って呼ぶ時だけ声が裏返るから、私はもうおかしくて……」

笑いを堪えながら話すシンシアさんに、父さんは仏頂面だ。

「それで魔法が不発になったのか？　そんなの俺のせいにするなよ」

「するわよ。だいたいね、あれはわざと不発にしたの。危うく熱エネルギーが収束しすぎて、【オーバーノヴァ】に昇華《しょうか》するところだったんだから。そうなってたらあのあたり一帯が焼け野原、私たちみんなお陀仏《だぶつ》だったわ」

それを聞いて、父さんはもちろん、母さんも固まる。

「あ、これは内緒にしてたんだった……」

シンシアさんが舌を出すと、父さんが大きなため息をつきながら口を開く。

「死ぬまで秘密にしててくれよ。もう十年以上前なのに、思い出して心臓が止まりそうになった」

「まさか、あれが私たちのパーティ最大の危機だったなんてね……」

母さんが遠い目をして言った。

そうこうしていると、酒場のドアが開いて誰かが入ってきた。

「シンシアさん、久しぶり！」

やって来たのはザンバだ。顔が赤いから、どこかで飲んできたのかもしれない。

「久しぶり。王都の冒険者になったのね。元気にしてた？」

「おかげ様で。外でシンシアさんの秘書だってやつが待ってましたよ。なんか用事があるみたいだったんですが、『シンシア様に入るなと言われている。代わりに呼んできていただけないか』とか言ってて……」

「……ザンバ、あなたが会っちゃったの？」

「え、そうですけど……あぁ、そういうことっすか」

何かに気付いたのか、ザンバは一度酒場を出て階段を上がっていった。

そして一人の男性を連れて戻ってくる。

緑色の肌をしたその男は、顔の左半分を仮面で覆っていた。首の左側から肩にかけて火傷《やけど》の痕《あと》がある……仮面も火傷を隠すためだろうか。

仮面で覆われていてもわかるような、きれいな顔立ちだ。

身長はうちの父さんと同じくらいで、スラッとした体躯で細身のスーツを着ている。

ゴブリンの上位種、ホブゴブリンの男性だった。彼がシンシアさんの秘書らしい。

深紅の瞳が俺を見ていた。

初めて会ったが、見た目はかなり人族と近いな。

「ここには来ないでって伝えたはずだけど」

「申し訳ありません。ですが、あなたのお父様から言伝《ことづて》が」

「そういうことね……わかった、ありがとう。帰っていいわよ」

シンシアさんが秘書をさっさと出ていかせようとする。

その理由に、ザンバは気付いているみたいだ。

「なぁ、シンシアさん。あなたが秘書をここ……冒険者ギルドと酒場に近づけなかったのは、俺に気を遣ったからですか？　俺の弟、ジンバがホブゴブリンを相手にして死んだから？」

シンシアさんは答えなかったが、否定もしなかった。

「はぁ……やっぱりか。やめてくれよ。俺は別にホブゴブリンを憎んでいるわけじゃない。そういう括《くく》り方は嫌いなんだ」

「そうね。わかってる」

「そのへんにしとけ、ザンバ。シンシアさんの心配も当たり前っていうかさ……」

ベテラン冒険者の一人がフォローしようとしたが、ザンバには逆効果だった。

「当たり前なわけねえだろ。お前は家族を人に殺されたら、人類全員を憎むのかよ?」

「いや、それとこれとは話が……」

「同じ話だよ。俺は種族だとか、血筋だとか、そんなもので相手を見ない。それがオヤジから――レオルスさんから教わったことだ」

ザンバははっきりと答え、ホブゴブリンに「不快な思いをさせてすまなかった」と謝った。

ホブゴブリンは「いえ、こちらこそ……」と恐縮し、ひとまずその場は収まる。

「ザンバさんってもしかして……」

「あぁ。あいつと弟のジンバは、百獣サーカス団に拾われた孤児だったんだ」

グスタフさんが、こっそりザンバの身の上を教えてくれた。

彼は学園に通って冒険者になりたいと願ったジンバのためにサーカス団を離れ、共にバーシーヌへやってきたらしい。

『瞬刻の刃』が活動していた時期と、ザンバが冒険者になった時期は異なる。にもかかわらずシンシアさんと面識《めんしき》があるのは、彼女が個人的にレオルスさんと親交があったからだそうだ。

その後、秘書のホブゴブリンは仕事に戻ると言って退出した。

シンシアさんも戻った方がいいのかもしれないけれど……場の空気を悪くして帰りたくなかったのか、「二十分後に戻る」と秘書に伝言を頼み、少しだけみんなと話をしていた。

あっという間に彼女が帰る時間になって、俺と両親、アモン、ノクス、それからグスタフさんは見送るため外に出る。

「ねえ、シンシア。本当は祖国で辛い思いをしてるんじゃない？」

母さんが心配そうに尋ねると、シンシアさんは笑って返す。

「私、魔力効率のいい魔道具をどんどん開発してるからね。妬《ねた》まれやすいのよ。魔力が多いだけでふんぞり返ってる人間は面白くないみたい。それでも昔よりはマシかな」

「どうして、祖国に戻られたんですか？」

俺は迷ったけど聞いてみた。

「大事なものを守るためかな……それが何かは乙女の秘密ね」

シンシアさんが俺の髪を撫でて、目を見つめる。

「さっきはああ言ったけど、あなた、やっぱりリナとヒューゴの子ね。二人にそっくり」

「そうですか？」

「ええ、すごい才能に恵まれているのに、嫉妬《しっと》もさせてくれないところ……あいつもそうだった。『瞬刻の刃』は、私の心の空洞《くうどう》を満たしてくれる場所だった」

シンシアさんは寂しそうに夜空を見上げた。

「湿っぽいのはよせよ。まだ聖獣祭は続くんだ。リナとヒューゴは明日もシンシアと会うんだろ？」

「まあな。気軽な話はできないだろうけど」

グスタフさんに父さんが答えた。

「あ、そうだ。リーガス・アルマのサインを見せてくれたお礼をしないとね」

シンシアさんはそう言うと、俺の耳に顔を寄せてきた。

「私たちの冒険の話で、【オーバーノヴァ】のことが出たでしょ？　どうやってあれを不発にしたのか、からくりを教えてあげる」

お礼ってそれ？

「でも、俺に難しい演算は無理ですよ」

言われたところで理解できると思えない。

ところが、シンシアさんは首を横に振る。

「実はね、演算なんていらないのよ。【オーバーノヴァ】は威力が強いのに、術式は脆《もろ》いの。最初の文字と最後の文字を入れ替えた術式を作って上書きすると不発になる。面白いでしょ？　覚えておいてね」

結局、使う機会がなさそうな危険な魔法の秘密を教えてもらってしまった。

そのうち馬車がやって来て、シンシアさんは去っていく。

こうして聖獣祭の一日目は終わった。

◆

聖獣祭二日目。

聖魔競技大会を行った会場で、今日は聖武大会が開催される。

俺とアモン、ノクスはこの大会の学生部門に参加するシオウの応援に来た。

会場に到着すると、すでに選手たちが競技エリアでウォーミングアップをしていた。

観客席にいる俺に気付き、シオウがサムズアップする。

優勝を狙うシオウ、その最大のライバルはロッテだった。

彼女は学園の入試をきっかけに、アサギとシオウが【人化】したドラゴンであることを知った。

ドラゴンが相手だから自分より強いのは当たり前、負けても仕方ない……なんて考えず、ロッテは卒業までに二人に模擬戦《もぎせん》で勝つと宣言したんだ。

すでにアサギはロッテに勝てなくなった。

魔法が得意なアサギは、武器の扱いが不得手《ふえて》だ。とはいえ、まさかこんなに早くロッテが実力をつけるなんて……

だから、シオウは油断していない。

最近は何やら実現したい技があるそうで、俺以上にクオザさんのところに通って魔法も勉強している。

「どんな技かは見てのお楽しみ」と秘密にされているので、今日はそれも楽しみだ。

周囲の観客が俺たちの存在に気付きにくくなるよう、ノクスが結界を張る。

そこへ、よく知った魔力が近づいてきた。

「主君、我らも一緒に見ていいか？」

俺の従魔、バルカンだ。その後ろには彼に弟子入りしている三人の職人がいた。

「うす」

「こんにちは」

「ライル様、お疲れ様です」

二人はドミドスハンマーの所有者、そして一人はハンマーを受け継ぐ予定の次期候補者だ。

まず、無愛想な挨拶をした男がポパイ。ワチワ共和国というバーシーヌの北西にある国の職人で、三人のうち初めに王都へやって来た。

ハーフドワーフだそうで、小柄な背丈と大きな鼻がトレードマークだ。

次に、紅一点のミコ。ポパイからの手紙を受け、バルカンに会うために王都へ来た。

とある山奥の工房で暮らしていたミコは、十四歳の時にドミドスハンマーの所有者だった父を亡くす。一人きりになった彼女は、なんと人里に下りずにそのまま鍛冶の仕事を継いだ。

以前理由を聞いてみたんだけど、「だってお父さんのお仕事を見ている以外にすることがなかったからさー。鍛冶を教わらなくても最初からできたんだよ。初めのほうの作品はさすがに出来が悪かったけど、買った人たちがお馬鹿さんだから気付かなかったみたい」とのことだ。

バルカンの作品は別格だと熱弁を振るってくれた。

三人目はグランデス。東方にあるカイの里の若頭《わかがしら》をしているジャイアントである。

グランデスがバルカンを知ったのには、マサムネが関係している。

マサムネは先代聖獣の夢に向き合いたいと、先代の形見の刀を持って旅に出たシルバーウルフだ。

そんなマサムネが辿り着いたのが、鍛冶職人が集まるカイの里。なんでも形見の刀を打ったのは里の先々代頭目《とうもく》だったらしい。

バルカンは「その刀はおそらく脇差《わきざし》と対《つい》だったはずだ」と言って、マサムネに自作の脇差を持たせていた。

見事な脇差を見たカイの里の現頭目は腰を抜かしたそうだ。

第二王子のルイさんから、バルカンの作品でも俺たちが使うくらいなら大丈夫だろうと言われていたとはいえ……マサムネから情報がバレるとは想像していなかった。

どうやら旅の最中、マサムネは【人化】を習得したみたいで、脇差を作ったのがバルカンであり、主人の俺がバーシーヌの王都に住んでいることを話してしまったみたいだ。

ハンマーの現在の所有者である頭目は高齢なので、次期頭目と目されていたグランデスが代わりに修業に来た……という経緯だ。

マサムネはその後、頭目から「先代聖獣を知っている人物と会ったことがある」という情報を得て再び旅に出たようだが……その詳細をグランデスは知らなかった。

頭目に手紙で聞くと言ってくれたが、勝手に足取りを追ったら悪い気がして断った。

マサムネと再会できたらもちろん嬉しいけど、どこかで元気にしてくれていればそれでいい。

というわけで、王都にドミドスハンマーの所有者が集まりつつある。

ポパイはミコの他に、ベマルドーンにいる所有者にも手紙を送ってしまっていたらしい。

なんでも国のお抱えの職人らしく、「外交に関わるためこちらに任せてほしい」とマテウスさんから言われている。


みんなでウォーミングアップ風景を眺めていると、少し離れたところにいたシンシアさんの秘書のホブゴブリンと、目が合った。

俺は彼のところに挨拶へ行くことにした。

アモンとノクスが当然のようについてくる。

「昨日はどうも。俺はライルと言います。こっちはアモンとノクスです。えっと、あなたは……」

「名はない。秘書ゴブとでも呼んでくれ。ベマルドーンでもそう呼ばれている」

なぜかそっぽを向かれてしまい、俺の方を見てくれない。さっきは目が合ったのに……

「そうなんですか。名前は持たないんですか？」

上位の魔物は名を付けることができる。

自分の名を決め強く念じると、魂に刻まれるんだ。

ただ多くの魔物にとって、名を呼ぶ習慣がないから使われないようだ。でも、人間社会で生きている秘書ゴブさんは名があった方が便利なはず。

俺が聞くと、秘書ゴブさんは小さく息を吐いた。こちらを見て口を開く。

「私には心の底から敬愛する方がいる。いつかその方の役に立った時、褒美として名を頂戴《ちょうだい》したいのだ」

「そんな風に大切に思ってくれる人がいるなんて、その方は幸せ者ですね」

俺がそう言ったら、秘書ゴブさんはなぜか固まってしまった。

そしてまた視線を逸らし、「そうか」と返事をする。

なんだか会話がかみ合っていないような……気のせいか？

俺は気になっていたことを尋ねる。

「シンシアさんは聖音楽会に出席されていますよね？　秘書ゴブさんは一緒じゃなくていいんですか？」

聖音楽会は、聖武大会と同日に開催されている催《もよお》しで、貴族と限られた来賓が出席している。

うちの両親も、実はそっちに参加している。本当は行きたくないみたいなんだけど、シャリアスの娘とその夫という立場上、面倒な付き合いにも少しは顔を出さないといけないらしい。

昨日の開幕式は欠席だったしね。

シンシアさんは他国からの貴賓だから、聖音楽会に招かれているはず。

秘書であれば当然同行するのだと思ったんだけど……

「『ホブゴブリンなどという魔物がいてはベマルドーンの恥だ。あまり公の場には顔を出すな』と言われている」

「まさかシンシアさんがそんなことを？」

彼女がそんな発言をするなんて信じられない。

俺が思わず聞くと、秘書ゴブさんは苦い顔をする。

「勘違いするな。言ったのはシンシア様の父親で、彼女は違う。だがあの国は差別的思想が強い。功績が認められたとはいえ、シンシア様を侮蔑《ぶべつ》する者はまだ多い……にもかかわらず、私を秘書にしてくださったのだ。『ベマルドーン出身の者は信用できなかったから、ちょうどいいわ』と言ってな。そのせいで余計に後ろ指を差されているが」

やっぱり……昨夜、母さんの心配をごまかしているんじゃないかって思っていたけど、今も辛い境遇にいるみたいだ。

「私は周りから嫌悪されているが、危険視はされてない。冒険者なら知ってると思うが、ホブゴブリンは珍しいだけで強くないからな。そのせいでシンシア様を軽んじる者がいるのだろう」

秘書ゴブさんの言う通りだ。ホブゴブリンは、一個体ならDランクに相当する。

それにしても、彼はベマルドーンにあんまりいい印象を持っているようには見えない。

なのにあの国で働いているなら、もしかして秘書ゴブさんの「敬愛する方」というのは……

「シンシアさんのこと、すっごく大切に思ってるんですね」

「は……？」

ありえないことを聞いたかのように、秘書ゴブさんが俺を振り返る。

「ち、ち、違う！　私と彼女はただ目的が一致しているだけだ！　そ、そもそも、わ、私の敬愛する方は、かかかかっ神のように尊くて……」

秘書ゴブさんのあまりの慌てっぷりに、俺は固まってしまう。

彼も彼で、途中で我に返ったようだ。

ふぅと息をついて、背筋を伸ばし襟《えり》を正すと、またまっすぐ遠くを見た。

「その考えは間違っている。それだけだ」

あ、これはシャッターを閉められたな……だったら俺はこの辺で——

俺が場を去ろうとした時、後ろから声がかかる。

「お、いたいた！　ライルー！」

俺を呼んだのはアスラだった。

秘書ゴブさんの向こうから『鋼鉄の牛車』の三人がやって来る。

「一緒に観戦しようと思って、捜《さが》してたのよ！　あら、この方は？」

パメラが言った瞬間、秘書ゴブさんの顔が不快そうに歪《ゆが》んだのがチラッと見えた。

多分、俺との話を切り上げようとしたところで、新たに人がやって来てしまったからだ。

彼の俺への話し方は、昨夜のザンバや他の冒険者への態度と異なり、素《そ》っ気《け》ないものだ。

目もほとんど合わせてくれないから、薄々察していた。子ども嫌いか……はたまた、俺が嫌いかだろう。

三人の位置からは秘書ゴブさんの表情が見えていないのが唯一の救いだ。

彼はしかめた顔を緩め、アスラたちの方へ振り返った。

「シンシア様の秘書をしている者です。名はないので秘書のホブゴブリン……秘書ゴブとお呼びください」

さっきまでより高く明るい声色で名乗り、秘書ゴブさんが頭を下げた。

「あぁ、あんたがそうか。さっきシンシアに会った時に聞いたよ。昨日、冒険者の酒場には行けなかったからさ」

『鋼鉄の牛車』は付き合いのある貴族に呼ばれて、昨夜はそちらに招かれていたそうだ。

冒険者は自由だっていうけど、やっぱり大人の付き合いはあるんだな。

「それにしても本当に人みたいだ。ゴブリンとは全然違うな」

「アスラさん、デリカシーがないですよ」

注意したのはクラリスだ。

こういうところも彼女が『持たざる御者』の二つ名を持つ所以《ゆえん》だと思う。

しっかりアスラを御《ぎょ》している。

「いいのですよ。私もゴブリンが嫌いですので。私のように魔物のくせに人族に近づいた気になっていることも、愚かな振る舞いかもしれませんがね」

「そんなことないだろ。確かにゴブリンは知能が低いが、あんたはそうじゃなくて礼節《れいせつ》を知っている。一緒にされるのが嫌なのは普通だよ」

アスラの言葉を聞いて、思わず口を挟む。

「俺は違うと思ってるんです」

「ちょっと、ライル！」

俺の発言に、パメラが驚いて止めに入った。

今の言い方は誤解を招いてしまうな。ここはちゃんと説明しないと。

「すみません。俺が言いたかったのは、ゴブリンという種族は賢いってことです」

「どういうこと？」

「ゴブリンの知能って低くないですよ。武器を使えるし、魔法だって覚えるんですから」

「それは二足歩行で手が空くからでしょ。アンデッドだって武器を持つ個体がいるじゃない。魔法を使える魔物もたくさんいるわ」

パメラの言うことはもっともらしく聞こえる。

だけど、道具を使おうという発想が出ること自体、その魔物の知能が高いからだ。

「ゴブリンは自ら進んで武器を手に取り、魔法を覚えるんです。彼らは魔法の適性が個体によって違うので、他の個体から教わるわけじゃない。そもそも、教わる習慣がないでしょう。つまり自分で考えて魔法を覚えているんです」

「だとしたらもっと強くてもよくないか？」

アスラの質問に、俺はゴブリンの大きな欠点を話す。

「理性がないんですよ。ゴブリンは目の前の欲に勝てない。基本的にはなんでも遊びの延長線なんです。武器や魔法も遊び感覚で覚え、時には同胞を殺してしまう。性欲に従って、考えなしに襲い掛かる」

強者を目指すのは魔物にとって当たり前のことだし、同族を食べて強くなる【共食い】のスキルがあることを考えれば同胞食いも一つの生き方だろう。

性欲だって子孫を残そうという本能から来るものだ。

でも理性があまりにもない。強い繁殖力を持ったゴブリンが数を増やせないのは、長期的な視点に欠けているからだ。

「例えば、俺はホブゴブリンと会ったのは秘書ゴブさんが初めてです。彼は俺の周りにいる男性の中でもかなりスマートな方です」

「そうね」

「そうですね」

俺の発言に、パメラとクラリスがすかさず同意した。

アスラが「俺は？」と自分を指差して聞いてくるが、スルーして話を続ける。

「ホブゴブリンという魔物は、理性を手に入れたんだと思います。人族と何が違うのか、俺にはよくわかりません。肌の色なんて、それこそ些細《ささい》な違いだと思います。この世界の乱暴な定義の中で、魔物に分類されてるだけです」

そこまで語ってから、俺は余計なことをべらべら喋ってしまったことに気が付いた。

「すみません、なんか知った風な口をきいて……」

俺は慌てて秘書ゴブさんに謝った。

ただでさえ、嫌われている可能性大なのに……

だけど、彼は怒っていないみたいだ。

「いや、謝罪はいらない。君の考えは正しいと思う」

そう俺を肯定して続ける。

「でも、魔物で良かったと思うこともあるのです」

それは魔物としてのプライドなのだろうか。

丁寧な言葉で俺に答えた秘書ゴブさんは、少し微笑んでいるみたいだ。

もしかしたら敬愛する誰かを思い浮かべたのかもしれない。

「そういえばさ、昔ライルと一緒にゴブリンの群れに遭遇したことがあったわね」

パメラが思い出したように言った。

あった、あった。あれはいろいろとトラブルが続いた一日だった。特にジーノさん絡みで……

「あれはすごかったですね。私、あのあといろいろと調べましたが、あそこまで大きなゴブリンの群れは王都の記録にもありませんでした」

クラリスの意見に、俺も同意だ。

「ええ。強い群れでした。ゴブリンキングが理性的な個体だったのか、しっかりと群れを統制していた。他にも上位個体がいたことを考えると、力と理性の両方を兼ね備えていたんでしょうね」

アスラも話に交ざってくる
「でも途中でゴブリンたちの統率《とうそつ》が乱れたよな。俺たちに反撃されて慌てたのかな？」

「可能性はあると思います。人間だって危機に直面してパニックになることはありますし……俺としては、アモンが到着する前に、もともとの個体から別個体にキングが継承されたんじゃないかと思ってるんです」

　俺がそう言うと、静かにしてたアモンの耳がピンとなる。

『僕が倒したのは本来のキングじゃなかったの？』

『あの時、アモンが力が強くて大きいだけで、攻撃は単調なキングだったって教えてくれただろ？　あれだけの規模の群れを作れるゴブリンが、ちょっと反撃されたくらいであぁも指揮を乱すとは思えないんだよね』

　アモンに【念話】で答えていると、アスラが質問してくる。

「自分でキングを辞めたっていうのか？　称号がなくなれば弱体化するのに？」

「まあ、自ら弱くなる選択をするなんてゴブリンっぽくはないですよね……でもそう考えてしまうほど、最初に感じたキングの魔力が穏やかで制御されているように感じたんですよ」

　ふと視線を感じて顔を上げると、秘書ゴブさんが俺を凝視《ぎょうし》していた。

　目が合った途端、彼は目をそらす……どころか、体を半回転させて俺に背を向けてしまった。

「たかだかゴブリンのことで、そこまで考察するとは。さすがシンシア様の仲間の子だな」

　秘書ゴブさんの声が震えていた。

　そして、空を見上げるように少し上を向いた。俺ったらなんでこんな話を長々と……彼はゴブリンのこと嫌いだって言っていたのに……

　俺が謝るより早く、秘書ゴブさんは続けた。

「申し訳ありませんが、仕事があります。私はここで失礼します」

秘書ゴブさんはそう断ると、左手で首の火傷に触れながら歩き出した。

そういえば俺もあの日、ゴブリンたちの死骸《しがい》を焼いたんだっけ……まさかね。

去っていく彼の後ろ姿を見ながら、俺はおかしな考えを心の奥にしまった。


予選開始五分前のアナウンスが流れた。

俺たちは席に戻って、バルカン、弟子の三人、いつの間にか到着していたアサギと合流する。

会場はすでに予選の準備が整っていた。

本来、聖武大会は一対一のトーナメント方式で行われる。

今年は参加者が多い。参加資格を認められた生徒がとても増えたからだ。

王立学園の生徒の場合、実技の成績が一定以上であれば、出場資格を得ることができる。

例年、学園全体で資格を得られるのは十人前後。

もちろん参加を希望しない生徒もいるから、実際の参加者は数名だ。

だけど今回は参加資格があった生徒は四年生だけで七十人ほど、なんと学年の半分近くだ。

そのうち出場希望者は四十六人いた。

加えて他学年の生徒と、王立学園以外の枠もあるので、参加者は合計で六十人を超えた。

そうなると試合数も増えてしまう。

それを一日で行うのは大変だということで、予選が設けられることになった。

予選の内容は的当《まとあ》てだ。

なんだか王立学園の入試を思い出すけど、今回の的当てはあれとは全然違う形式だ。

まずは的の種類が多い。

固定された的の他に、縦や横に動いたり、回転したりする的があるんだ。

中には床を這《は》うように動く的、ふわふわと空に浮いて不規則な動きをする的、空中に飛ばされる皿のような的など……大小様々で、当てづらいものほど点数が高い。

的についた赤いしるしを攻撃すると得点が加算される。攻撃方法は武器も魔法も両方可だ。

これを四人ずつ同時に行う。

もちろん、他の選手を狙った攻撃は厳禁。

だから選手は得点が高そうな的を瞬時に見抜き、効率よく得点を取っていく必要があるんだ。

予選で獲得した得点が高かった上位二名のみで、実戦形式の決勝が行われる。


予選は順調に進み、やがてシオウの組の番になる。

スタートの合図が鳴ると、すぐにシオウが動く。

「来たれ！　天界の祝福を受けし聖なる雷よ！　【ホーリーボルティックアーマー】！」

シオウは相変わらずカッコつけたがりだ。

詠唱っぽい台詞《せりふ》を叫んだ彼はユニークスキル【権化《ごんげ》の雷《かみなり》】で白雷の鎧を作り、身に纏った。

まぁ、まだ子どもなわけだし、呪文や詠唱好きなのは大いに結構だ。でも……

「あの詠唱もどきって、『天界の祝福』とか、『聖なる雷』とか、根本的に言葉のチョイスがダサいんだよね……」

俺の呟きに、女性陣とノクスが大きく頷いた。

アスラはジオウの気持ちがわかるのか、擁護《ようご》に回る。

「男子はああいうのが好きなんだよ。それはいつの時代も一緒だ」

前世は日本で育った俺としては、いつの時代も、そしてどこの世界もって感じだ。

魔法があるこの世界でも、詠唱好きな男の子が多いのは、結局のところ地球と同じ理由……かっこよくて憧れるからだ。

この世界の子どもにとってのヒーロー漫画——それが英雄譚だ。英雄譚は実際の話を元に書かれているが、脚色《きゃくしょく》も多い。だから登場人物が見せ場でたっぷりと詠唱したり、決め台詞があったりするので、多くの少年少女はそれに憧れる。

スキル【詠唱】が廃《すた》れたのに、なくても問題ない詠唱が残ったのは、そういう側面もあると思う。

「でも、ライルはあんまり興味なさそうだったわよね」

パメラに聞かれた俺は「そうでしたっけ？」と曖昧に返した。

中身が大人だからとは言えないしね。

今世では英雄譚を読まない俺だけど、転生する前はそういうのに憧れはあった。

でもそういうカッコつけた詠唱をしようとすると、前世の俺……青年の夏目蓮が大真面目に魔法を詠唱しているような気恥ずかしい気持ちになってしまうんだ。

もう転生して長い時間が経ったから、最近は気にならなくなってきたんだけど。

まぁ、女子の冷たい反応を見てもなお、自分のセンスを披露しようとするほど俺は馬鹿じゃない。

「いつまでも子どもよね。男子は」

アサギがシオウを見ながら呟いた。

「何言ってんだよ。アサギだってこの間まで似たようなものだったじゃないか。星が付いた杖を持ってさ……」

アスラが懐かしそうに言うと、アサギがゆっくりとそちらを向いた。

「アスラ、それ以上は言わないでね」

口調は優しく笑顔だが、目が笑っていない。

アスラも気付いたっぽいのに、下手なフォローに走ってしまう。

「いや、俺は好きだったんだぞ。あの杖もすごく可愛かったし、決め台詞も……っておい！」

突然眼前に杖を突き出されたアスラが、驚いてのけ反った。

そんな彼に杖をさらに近づけながら、アサギは静かに告げる。

「まだその話をするなら……凍らせてエレインの湖に沈めるからね。永遠に」

アスラは首がもげるんじゃないかと思うくらいの勢いで、必死に頷いた。

子どもっぽさが残るシオウとは対照的に、アサギは大人びた。

同級生の女の子と話すうちに、あれがイタいのだと早々に気付いたんだ。

以降、魔女《まじょ》っ娘《こ》アサギは黒歴史として、決して触れてはいけない話題になった。

女の子は成長が早い。

「それにしても、シオウの戦い方は意外と冷静ね。前はもっと大雑把《おおざっぱ》なタイプの戦士だったわよね」

シオウの身のこなしを分析し、パメラが呟いた。

「そうだな。ハルバードの扱いが昔と段違いだ。膨大《ぼうだい》な魔力に任せて、馬鹿げた名前が付いた派手な技ばかり使っていたけど、今は無駄が減っているし、武器を上手く使いこなせている」

アスラも馬鹿げた技名だとは思ってたんだな。

「ポジション取りも悪くないですね。高得点の的が出た時には鎧の力で瞬時に移動していますが、他の三人が苦手にしているタイプを把握して、見逃されやすい的は優先度を下げて対処しています」

さすが、全体を見ることに長《た》けたクラリスだ。

シオウの動きは以前よりも洗練《せんれん》されている。

感心しているアスラたちに、アサギが釘を刺す。

「カッコつけ方を変えただけだよ。馬鹿で派手で無駄の多い大技を使わないのは、配分してるから」

「体力の配分か？」

「私とシオウ、魔力と体力は滅多に尽きないの。アスラだって知ってるでしょ」

『鋼鉄の牛車』の三人は、二人がドラゴンだって知っているからな。

とはいえ、俺も配分が何を示しているのかピンとこず、首を傾げる。

「会場の盛り上がりの配分よ。シオウは決勝で派手にかましたいの。新技を用意してるしね。だから今は抑えているのよ」

「決勝戦が一番盛り上がるように調整しているってことかしら？」

「そうだよ、パメラ。シオウは本気なんだ。自分のやりたいカッコつけができる大舞台はこれが最後だと思っているから」

そっか。これはシオウなりのけじめなのか。

俺は学園を卒業するタイミングでこの国を旅立つことを決めていて、従魔たちにはこっそりそれを伝えていた。

それに、シオウは現在十一歳の俺の護衛として年齢を偽り学園に入学した。十五歳以上からの成人の部は学生の部と違い、その都度ステータスボードで身分確認されるようになるから……ドラゴンのシオウは四年後の聖武大会には参加できない。

「まぁ、同じ組の子に迷惑かけないようセーブしているのもあるけどね。友達思いではあるし」

そう付け足したアサギに、パメラが問う。

「アサギは参加しなくてよかったの？」

「私は人前でカッコつけたいとか、自分の覚悟を見せたいとか、そういうのはないから。それよりも私は観客席であの奇跡みたいな時間を目に焼き付けたいの」

「奇跡みたいな時間？」

クラリスが聞くと、アサギは小声になる。

「だってファンちゃんが私たちの卵を見つけて、神託だって考えてくれなかったら、私たちはここにいなかったもの。きっと古龍の山脈の霧《きり》の中でずっと暮らしてた。こうしてみんなと一緒にいられるのは、私たちドラゴンの長い一生の、ほんの一瞬の奇跡なのよ」

パメラとクラリスは何も言わずに、アサギに寄り添った。

それからしばらくして、シオウの組の予選が終わった。

シオウのスコアは二万三千点ちょっと。現時点でトップの成績だ。

当の本人はなんの演出なのか、発表されたスコアを見て、「まずまずだな」的なわざとらしい顔をしている。

それを見てアサギがまた辛辣なコメントをしたのは言うまでもない。


さて、次が最終組、ロッテが登場だ。

例年、貴族はほとんど聖音楽会に参加する。

別に決まりはないが、貴族の社交場としての風習が残っているのだろう。

レオルスさんも、貴族との繋がりを維持するために聖音楽会へ出席するみたいだったし。

とはいえ自分たちの子が出場するなら応援したいのが親の情で、そういう場合は貴族でも学生の部を見に来ることがある。

もちろん王家だってそうだ。全員揃って聖音楽会を欠席するわけにはいかないから、誰が来るかは家族で話し合うんだろう。

で、代表になったのがジジバカ王ことハンス国王みたいだ。

孫娘の出番を前に貴賓席でソワソワしているのが、ここからでもよく見える。

俺が貴賓席を見ているのに気付き、アサギが【念話】してきた。

『王妃のイレーヌ様は親であるマテウス様とヒルダ様が応援に行くべきだって止めたみたいなんだけど、陛下が聞かなかったんだって。ロッテちゃんが教えてくれたの』

いやいや、大好きな孫の晴れ舞台を見たいのはわかるけど……

『ねぇ、なんか最近陛下のジジバカが加速してない？　アサギはなんか聞いてる？』

『ジーノ様のことが応《こた》えているみたいなんだよね……でも、それ以上はわからない。ロッテちゃんはジーノ様が父上の従魔になったこと知らないから、突っ込んだ話を聞いてたらバレちゃいそうで』

そっか……考えてみれば当たり前だ。国王にとってジーノさんは息子なんだから。

ジーノさん本人があんな雰囲気だからいいけど、親としても王としても、複雑な感情を抱えているに違いない。

周りからもいろいろ言われるだろうし、精神的に辛いのは当然かもしれないな。

でも、それは母であるイレーヌ王妃も同じはず……やっぱりジジバカなだけか？

そんなことを考えていたら、いよいよロッテの組の予選が始まりそうだ。

彼女がかなり強いのは知っているが、どうやって予選を突破するつもりなんだろう。

風属性の身体強化魔法とレイピアによる近接戦闘が彼女のスタイルだから、的当ては不向きだ。

それでも、スコアはしっかりと伸ばすと思う。

審判の掛け声でみんなが武器を握る。

ロッテだけがレイピアを抜かずに、手を構えた。

開始の合図と共に、ロッテは【エアバレット】の魔法を繰り出した。

これはかなり意外な戦法だ。

出場者の多くは魔法ではなく、武器を主体にこの種目に挑んでいる。

理由は簡単で、こんなにたくさんの的に魔法を当て続けたら魔力が持たないからだ。

だから身体強化など補助的な魔法を使ったり、高得点の的を貫《つらぬ》くために、ピンポイントで魔法を使ったりはしても、全ての的に魔法を当てにいった生徒はいなかった。

ロッテは魔力を最小限に抑え【エアバレット】で的を貫く。

これは簡単なことではないぞ。魔力が少ない分、射出する風の弾丸だって小さいんだ。

普通なら無難《ぶなん》に【ファイアボール】を使って、当て損ねないようにするところだろう。

だけどロッテは小さな風の弾丸を駆使し、正確に的の赤いしるしのみを当てていく。

「姫様の技、見てる私がちょっと凹《へこ》むレベルの繊細さね。射出速度も速い」

パメラは『紅蓮《ぐれん》の砲台《ほうだい》』の二つ名を持ち、シンプルで強力な火属性魔法をメインで使う魔法使いだ。ロッテの丁寧かつ正確な風魔法に思うところがあるらしい。

「パメラさんの場合はできないんじゃなくて、性格的に向いてないだけです。魔力操作技能は優れているんですから。【並列魔法】だって習得したじゃないですか」

『鋼鉄の牛車』の三人は、昔から俺やアモンの隠し事をいろいろ理解してくれている。パメラは早い段階から【並列魔法】の存在を知っていて、戦術の幅を広げるためにずっと練習していたんだ。

俺はさらに彼女に聞く。

「実際に【並列魔法】を使ってみてどうですか?」

「便利だと思うわ。昆虫系の魔物みたいに、大量に現れてあちこちから攻撃してくる時に、自分で対処できるようになったから。決まった魔法しか撃てない魔道具と違って、戦況に合わせて魔法を選択できるもの」

「それこそ今回の予選みたいな場面では便利だよな。正面の的を撃ちながら、別方向から来た的を……」

パメラの言葉に、頷きかけたアスラが思わず言葉を呑み込んだ。

視線の先、ロッテが右手で【エアバレット】を撃ったまま、左手を斜め上に伸ばし、【エアインパクト】を放ったからだ。

「嘘。姫様、もう【並列魔法】習得したの?」

「おいおい。すげぇな……」

クラリスとアスラは感嘆し、パメラは呆然として言葉も出ないみたいだ。

俺は正直、そんなに驚かなかった。

なぜなら、ロッテがかなり前から無意識に魔力を均一に循環させられるようになっていたのを【魔天眼】で見て知っていたからだ。

結果、ロッテのスコアは二万五千点超えと、シオウさえ上回った。

決勝はロッテとシオウの対決だ。

予選を敗退した選手たちは二人に拍手を送った。

少なくとも同級生たちは、こうなることを最初からわかっていた。

シオウとロッテの実力は抜きんでている。

それでも出場を辞退しなかったのは、四年生の多くにとって、この聖獣祭が学園生活の一つの集大成だからだ。

王立学園の四年生は最も退学率が高い。

研究所などの国の機関や医療ギルドを進路にしない限り、ほとんどが学園を辞めてしまう。

家業を継ぐ者は故郷に帰り、職人や商人、料理人を目指す者は修業先を見つけて、いわゆる下積みを開始する。

だからみんな健闘《けんとう》を称え合ったり、家族に手を振ったりしてこの一瞬を大切にしているんだ。

昨日、聖魔競技大会に出たカールなんかもそうだ。

彼は四年生が終わったら、故郷に帰り、俺の父さんのように村のために狩りをしたり、外敵から村を守ったりする役目を託されているそうだ。

ロッテとシオウを含め、選手たちがいったんエリアの外に出ていったので、世間話に花が咲く。

「俺、入学した時に思ったんですよね。冒険科の生徒が毎年入ってきて、王都は冒険者で溢れ返らないのかなって」

俺がなんとなく思っていたことを切り出すと、パメラも口を開く。

「私もバーシーヌに来た時に驚いたわ。なんで冒険者に学生が多いのかしらって。ギルドに登録する下限年齢が低いのって、生活の糧《かて》がない孤児の救済《きゅうさい》のための制度だと思ってたから」

パメラは他国から来た冒険者だ。

どこだったかな。だいぶ前に誰かと話しているのを聞いた気がするんだけど……

「まぁ、始まりはそうだよな。ここまで教育に利用されてるのは、この国くらいのもんだろう」

アスラの言葉に、俺は頷いた。

王立学園の冒険科は、まさに冒険者制度を利用した教育だ。

王都の冒険者ギルドには、学園に入学できなかった子どもだってたくさん登録しに来る。

人を襲う魔物がいる以上、この世界では弱肉強食の理《ことわり》から人も逃れられない。

生きていくには力が必要なんだ。

俺がトレックにいた頃そうだったように、多くの子どもは親に狩りを教わったり、鍛えてもらったりしながら強くなる。

でも、村の中だけでは限られたことしか教えられない。

うちの家族みたいに、みんながエキスパートだったら別だけどね。

王都の冒険者になれば、強くなるだけじゃなくて、生きるために必要な知識もいろいろ教わることができる。

そしてその知識を村に持って帰ってきてもらうのだ。

村によってはみんなでお金を出し合って、子ども一人を学園に通わせることもあるらしい。

この世界では、前世に比べて何かを背負っている子どもは多い。

特に、うちのクラスは貴族が多いからそう感じるのかも。

俺が思いを馳《は》せていると、パメラが他国の冒険者事情を教えてくれた。

「冒険者の扱い自体、この国は別格よ。他国じゃ、国家と対立しているところもあるみたいだし」

冒険者制度は大戦が終わって働き口を失った者たちと孤児に仕事を紹介したのが、起源だ。

当初は戦失者《せんしつしゃ》とか職難兵《しょくなんへい》とかいろんな呼び名があって、中には落ちぶれ兵だ、傭兵《ようへい》落ちだなんて侮蔑的な呼ばれ方もあったそうだ。

そんな人たちの中で、未開の地に資源を採りに行っていた者たちが、「自分たちは冒険者だ」と名乗ったのが広まり、冒険者呼びが定着したらしい。

バーシーヌはこの世界の中央に位置しているため、未開の地はほとんどない。

この国の冒険者は食料や薬草、鋼材の確保と危険な魔物の駆除が主な仕事だ。

「こんなに国が仕事を任せてくれるところは稀よ。だからバーシーヌは英雄譚が面白いんだけどね」

英雄譚の面白さを知らない俺には、パメラの言葉の意味がよくわからない。

「英雄譚ってだいたい、災害クラスの魔物を倒したとか、スタンピードから国を守ったとかでしょ？　でもそういうのって普通は騎士の仕事よ。だから英雄譚はいつも一緒。王子か貴族の出の騎士がみんなが諦めかけた時に立ち上がって、最後に魔物に止めを刺したみたいなワンパターン」

一度言葉を区切ったパメラは、俺を見つめて再び口を開く。

「それに比べて、この国の英雄譚は面白いわ。騎士や王族だってもちろんいるけど、冒険者から英雄がたくさん生まれてるから。英雄の立場も境遇も種族もいろいろ。おんなじような話でも英雄のバックボーンが違うから読み手が感情移入しやすいのよ」

へえ。そう考えると父さんたちの物語なんて、数多くある英雄譚のごく一部なんだろうな。

なんか意識しすぎて避けてる方が恥ずかしいのかも。

「だからこの国は種族差別が少ないんだと思うわ。いろんな種族、境遇の英雄がいるから」

すると横にいたグランデスが話に入ってきた。

「俺は正直、東方から大陸に渡ると決めた時に、死を覚悟して来ました。大陸には治安の悪い国もありますからね。バーシーヌは大丈夫だと聞いておりましたが、それでも怖かったのは事実です」

グランデスはジャイアントだ。種族を理由に差別されることを警戒したんだろう。

「王都に来て検問《けんもん》を待っていた時の話ですが、俺を見た子どもが『でけぇ、かっこいい！』って言ってくれたんです。かっこいいだなんて故郷でも言われたことないので、照れてしまいました」

グランデスは本当に嬉しかったのか、今も少し顔が赤い。

「ジャイアントの英雄は、数は少ないが昔から男には人気なんだ。俺も小さい頃に憧れて、腹がはちきれるくらい飯を食ったよ」

笑いながら言うアスラを見て、クラリスがぼそっと呟く。

「アスラさんって根がピュアなんでしょうけど、若い頃のエピソードが馬鹿ですよね」

そういえば、アスラってチマージルの砂漠へ度胸試しに行ったお馬鹿さんの一人なんだっけ。

砂漠の三巨人……シフォンたちに会わせたらどんな反応するんだろう。いたずらしてみたい気持ちになった。


一度はけたシオウとロッテが、再びバトルエリアに戻ってきた。

二人は自分の装備ではなく、お揃いの鎧を着ている。

「そういえば、防具は安全と公正のために、支給された同じものを着けるんだっけ？　あの防具……もしかして」

バルカンの方を向くと、彼は首肯する。

「我が作ったものだ」

「なんでバルカンが作ることになったの？　あんまり人目につく装備は作らないようマテウスさんから言われていたんじゃなかったの？」

この大会は他国の人を含めて、大勢が見ている。

すると、グランデスがデカい体を震わせて泣き出した。

「仕方がないのです。俺たちが情けないばかりに……」

「泣くなよ。情けないのは確かだけどさ」

ポパイはシュンとしながら、グランデスをポンポンと叩いた。

状況の読めない俺が視線を送ると、ミコが事情を教えてくれる。

「私たちが作った防具じゃ、師匠の武器に耐えられないんです」

あぁ、そういうことか。

シオウの武器はもちろん、ロッテの武器もバルカン特製だ。

ロッテの武器は、マテウスさんが与えたものだ。

親バカだからいいものを……なんて理由では断じてない。

バルカンが【ゴッドスミス】だと判明してしばらくした頃、マテウスさんは職人ギルドのギルマス、ドミニクさんに国が使う装備をオリハルコンで作るよう依頼した。そして納品物にバルカンが作製したものを交ぜたんだ。理由はバルカンが作った武器が噂になった時、ドミニクさんが作ったことにするため。

実際、ドミニクさんの弟子がきっかけで流出したバルカン作の矢を持ったポパイが来た当初、ドミニクさんは自分が作ったものだと言い張った。

ポパイは他の職人たちに探りを入れたが、誰もバルカンのことは話さなかったそうだ。

ギルドにいる他の職人たちはバルカンが【ゴッドスミス】の称号持ちだとは知らなくても、超凄腕の職人であることはわかっていた。

わかっていたからこそ、自分たちが学ぶ機会を失わないために口を閉ざしたのだ。

だからポパイ、ミコが王国にやって来てしばらくは隠せていたんだ。

でもグランデスが到着して、それは意味を為《な》さなくなった。

だって彼はマサムネの話を聞いて、バーシーヌの凄腕鍛冶師が俺の従魔、バルカンであると知っていたんだから。

彼がバルカンを訪ねたことで、ポパイとミコも真相に辿り着き、秘密はバレてしまった。

幸い彼らにはバルカンを国に連れて帰ろう……という思惑はなく、弟子入りできればそれでよかった。

バルカンが【ゴッドスミス】に到達しているのは察しているかもしれないが、そういう詮索《せんさく》も全然してこないらしい。

とはいえ、短期間に各国の敏腕《びんわん》鍛冶職人がバーシーヌの王都に集結していると目立ってしまう。

聖獣祭が終わったら、ひとまず彼らの拠点をトレックに移すことになっているんだ。

そうこうしているうちに審判が出てきて、円形のバトルエリアの外側に立った。

決勝は一対一の実戦形式。

気絶などにより戦闘不能と判断されたら、またはバトルエリアの場外に出たら負けである。

審判の合図で、シオウとロッテはゆっくりとバトルエリアに入る。

「さすがに決勝は姫様が厳しいかな」

クラリスが言うと、パメラも賛成する。

「そうね。あの見事な予選を見たら応援したいけど、予選で魔力を使いすぎてる」

これには俺も同じ意見だった。

シオウはドラゴンだから魔力も体力も潤沢《じゅんたく》。予選の影響はほぼない。

一方ロッテは、一時間の休憩はあったとはいえ、まだ魔力が回復していない。

予選だけ見れば無駄のない魔力配分だったけど、シオウを相手するには厳しいだろうな。

「みんな、ロッテちゃんのすごさをわかってないなぁ」

俺たちを見て、アサギが誇らしげに言った。

どういう意味か聞く間もなく、「はじめ！」という審判の声がアリーナに響いた。

すると、少し離れた観客席から何やら黄色い声援が飛ぶ。

「シオウくーん！　頑張ってー！」

あれ、うちのクラスの女子だ……よく見ると、他にも王立学園の四年生らしき女子生徒たちが一緒になってシオウを応援している。

シオウって女子の人気あったっけ？

アサギがニヤリと笑い、立ち上がると大声を上げる。

「シオウ！　最初からかましちゃえ！」

意外にもアサギはシオウを応援した。

声援を受け、シオウが呟く。

「悪いな、ロッテ。俺はファンの期待に応えなきゃいけない。だからすぐに終わりにさせてもらうぜ」

俺とアモン、ノクスは『うわぁ』と心の声が漏れそうになるのを必死に堪えた。

今、俺や従魔たちはシオウと【感覚共有】している。

試合開始前、シオウが【念話】で『一番近くで活躍を見ていてほしい』と俺たちに頼んできたのだ。

もちろん俺たちはそれを喜んで受け入れた。だけど今の気障な台詞は寒い。

おかげで、今のような観客席まで届かない会話まで聞こえるからいいけどさ……

当の本人はノリノリのまま、周囲に聞こえないほどの小声で何か【詠唱】し始めた。

黒雲《こくうん》を切り裂くもの　闇を照らすもの
終わりを告げしもの　罪を焼き喰《く》らうもの
なおも雪《そそ》げぬ深き業《ごう》を断つは今
【ダムナートニトゥルス】

あいつ！　あれはロストマジックで、無差別攻撃魔法だから人前で使うなって言っておいたのに。

小声だからセーフとかそういう問題じゃない。

いくらバルカンの装備を着けてるからって、あれじゃあロッテが……

俺が立ち上がろうとしたところで、後ろから声がかかる。

「大丈夫だよ！」

クオザさんだ。どうやら俺たちを捜して、観客席を回ってきたらしい。

俺の隣に立って、席に座るよう促す。

「大丈夫って言っても、あれは……」

「【ダムナートニトゥルス】、無差別攻撃魔法じゃないことがわかったんだ。あの魔法の本質は雷によって領域を作る、【領域魔法】だよ。シオウくんは【ダムナートニトゥルス】を制御できるようになったんだ」

シオウを中心に、聖属性を帯びた白雷が展開していく。

それはバトルエリアを覆うように広がったが、ロッテが痛みを感じている様子はない。

周りの人間は何が起きたかわからず、ポカンとした顔で見ている。

シオウがノリノリで宣言する。

「ここは少しだけ俺のルールが優先される領域だ。安心しろ、女子をいたぶる趣味はない。あっという間に終わるさ」

どうしたらあんな寒いことをつらつらと言えるんだろう……

それはさておき、クオザさんが教えてくれたことが真実なら、すごい魔法だ。

俺が領域というものを強く意識したのは、不死鳥の島に入った時だ。

あの場所は不死鳥の島を担当する神様であるリグラスクさんの領域だった。あそこではリグラスクさんの意思一つで【亜空間】を開くことさえできなくなる。そんな場所でも己の領域を持つアモンは、その壁を越えて、俺のところへ駆けつけた。

よくよく考えると、俺がオリハルコントータスのガラヤンと契約して手に入れた共生スキル【シェルター】だって、どんな場所にも生存可能な空間を作ってしまう一種の領域だ。

シオウの言う通り、領域内だとその領域の主《あるじ》のルールが優先される。

クオザさんは以前、【詠唱】で使用されている術式は、神によって設定されたものではないかという自説を話していた。

領域の研究が進めば、そうした謎も明らかになるかもしれない。

だからシオウが使う【ダムナートニトゥルス】に期待を寄せているんだ。

「何か言い残すことはあるか？」

俯いたロッテにシオウは余裕たっぷりで問う。

彼女が口を開く。

「私はね、剣術も魔法も従魔術も、バーシーヌの王位継承権を持つ者として常に高みを目指してきた。だけどね、王族に必要なのはそれだけじゃないのよ」

顔を上げたロッテは、余裕の笑みを浮かべていた。

「【召喚】ララ！」

魔法陣から現れたピクシーのララはロッテの肩にとまると、お上品にお辞儀した。

可愛らしい姿に観客から歓声とため息が漏れる。

従魔を使う選手は過去にも数人いた。決勝には一体までの参加が認められているんだ。

「やっぱり。シオウならライルたちに見せたくて、領域を展開しても外と空間を断絶しないと思ったの」

「なんでロッテが【領域魔法】のことを知ってるんだ……？」

先ほどまでの余裕を失って驚愕《きょうがく》するシオウに対して、ロッテは笑顔で答える。

「王族に必要な力、それは情報を制する力よ。私ではまだお父様たちが持っているような国家機密には手が届かない。だからって負けてられないわ。私、ちゃんとお友達を作っているもの」

「まさか……アサギ、教えたな!?」

試合中にもかかわらず、シオウが俺たちに視線を向けた。

そんな彼に、アサギが【念話】で返す。

『ごめんね。でも、今回はロッテちゃんの味方だから』

シオウは『くそぉ』と漏らし、【念話】を切った。

俺はアサギに尋ねる。

「もしかして、最初に女子たちとシオウを応援してたのって……」

「気付いてたんだね。最初からシオウにあの技を使ってほしかったから、おだてちゃった。魔力のない状態じゃ、長期戦になるとロッテちゃんが厳しいのはわかっていたから」

アサギは作戦が上手くいってすごく嬉しそうだ。

さすがにシオウがかわいそうな気がするが……勝負は終わっていない。

ロッテはまだ何か隠しているみたいだ。

「行くよ！　ララ！」

ロッテの掛け声に合わせ、ララがロッテの体の周りをくるくると回りながら上から下へ素早く下りていく。そしてぱっと姿を消した……いや、俺の【魔天眼】にはロッテの周りに漂う魔力が見えている。

ロッテの周囲に漂う魔力が、シオウの【領域魔法】の魔力を吸い込んでいく。それが次第に白雷のドレスのような形となり、観客の目にはっきりと映った。白雷は彼女の武器であるレイピアさえ覆っている。

そうか、ララの役目……それは相手の魔力を吸収して主を強化する、ドレスを作ることだったんだ。

ロッテは素早くシオウに向かって距離を詰め、目にも留まらぬ速さで立て続けに突きを繰り出した。

シオウはなんとか形勢を立て直そうと【ホーリーボルティックアーマー】の発動を試みるが、隙がない。それもそのはず、鎧を構築する前にロッテが近づき、ララに魔力を吸い取らせているんだ。

シオウがバランスを崩した瞬間を、彼女は見逃さなかった。

【ボルティックインパクト】をレイピアに乗せて、正面からまっすぐ突きを放つ。

後ろに吹き飛んだシオウは、バトルエリアのギリギリでなんとか踏みとどまった。

もう一度向かってくるロッテを前に構えを解かず、警戒している。

しかし勝負の流れは、相手の情報を得て、あらゆる状況を想定していたロッテにあった。

彼女がレイピアを振り上げる。

咄嗟に目で追ってしまったシオウだったが、これが失敗だった。

ロッテはレイピアを放り投げ、腰を下げて飛び込み、足払いをかましたのだ。

シオウは後ろに転び、場外に手を着いてしまった。

「シオウ、場外！　勝者、シャルロッテ・フォン・バーシーヌ！」

会場は歓声と拍手に包まれる。

悔しがって地面を叩いたシオウに、ロッテが手を差し伸べた。

「こんなやり方でごめんなさい。でも今回は何がなんでも勝たなきゃいけなかったの」

「別にいい。俺が甘かったんだ」

シオウが答え、ロッテの手を借りて立ち上がった。

それにしても、そこまでロッテが勝ちに拘るとは……

ふと貴賓席を見たら、なぜか国王が苦悶《くもん》の表情を浮かべていた。

せっかく孫娘が勝ったのになんで？

アザギが何か事情を知っているんじゃないか。

『なぁ、ロッテが勝ちたかった理由って、あそこで悶《もだ》えてる国王と関係してるのか？』

『うん。この決勝でね、ロッテちゃんは陛下と賭《か》けをしていたんだよ』

『賭け？』

『シオウに勝ったら、聖獣祭が終わったあと、王家が隠している父上に関する全ての情報を教えてもらうんだって』

まさかあの二人、俺の個人情報を賭けたのか⁉

あんのジジバカ王！　なんて約束してやがる！

『じゃあアザギはそれを知ってて、ロッテに協力したの？　どうして？』

『だって、マリアちゃんは父上の秘密を知っているのに、このままじゃ不公平だもの。親友として、私はロッテちゃんを応援しないと！』

マリア……つまりトレックで暮らすチマージルの元お姫様、フィオナだ。

偽名についてはアサギも承知しているが、相変わらずマリアちゃんと呼び続けている。

『待って、なんでここでフィオナの名前が出てくるの？』

俺がさらに質問すると、アサギはジト目になった。

『私、父上の――』

そこで【念話】を切ったアサギは、わざわざ声に出して言う。

「そういう鈍感なところ、大嫌い」

だ……い……き……ら……い？

え、もしかして俺が言われた？

俺は倒れ込みたくなるのを堪え、なんとかアサギが怒る原因を探そうとする。

「えっと……アサギ？」

「もうこの件で話すことはないから。話しかけないで」

突き放すような冷たい言葉に胸を抉《えぐ》られて、俺は座っていられなくなった。

前のめりに倒れ、床に両手を着く。

思い出すのは、アサギとシオウがまだ卵だった頃。

片方の卵にだけ魔力を送ると寂しそうにするから、俺は別々の魔力を同時に流す練習をした。

これをきっかけに、【並列魔法】を習得したんだ。

生まれた時から今日まで、シオウもアサギも本当に可愛かった。俺は二人の親代わりだったんだ。

なんで今になって娘の反抗期が……！

肩を落とす俺に、アモンとノクスが寄り添う。

アモンはペロペロと俺の頬を舐《な》め、ノクスが頭を撫でてくれた。

『聖武大会一番の敗者が決まったね。ライルだ』

ノクスの一言に、俺は力なく頷いた。

第三章　百千の魔を率いる獣

聖獣祭三日目。

今日は四年に一度の王立学園の開放日である。
一、二、三年生は、クラスごとに店を出す。五、六年生は各科ごと、七年生は個人ないし数人のグループに分かれ、学園での学びを発表するのが常だった。
そんな中、特別なのが四年生だ。

彼らは学年全体で大きな出し物を行うのが代々の習わしで、それには学園外の施設を使うことになっていた。時間、場所共に自由。首席を中心に生徒だけで企画を準備、実行する。

聖魔競技大会や聖武大会で使われたアリーナや聖音楽会で使われたホールも、申請次第で利用可能だ。

出し物を決める議論は紛糾《ふんきゅう》した。

今年の四年生は、学年の総数が多いのが最大の障害だ。

例年なら入学時の二、三割ほどの生徒が二年生修了時に退学するが、それがなかったのだ。

家族みんなに見てほしいのはもちろん、お世話になった王都の人々に見せたいという希望が殺到《さっとう》し、首席のライルを困らせた。

アリーナで武器や魔法を用いた出し物をするプランは、全員が実技に長《た》けているわけではないので難しい。

歴代の四年生に倣い、ホールを使った合唱や演奏を行う案が出た。しかしホールを使用する場合、生徒が家族や知人を招待できるのは一人二名までと決まっており、みんなに見せたいという生徒たちの要望と合致しなかった。

それでも、最終的に決断を下すのが例年の首席生徒なのだが……ライルは違った。

なるべく多くの生徒の望みを実現するために動いた。

今年の聖獣祭では過去にない、新しい出し物が披露されようとしていた。


夕暮れの学園を慌ただしく生徒が駆けていく。

ライルはこの日も朝から大忙しだった。

魔道具の確認や生徒全員でのリハーサル……といっても実際に本番と同じ環境は用意できないので、大事な部分はぶっつけ本番だ。

ライルは本番直前に従魔たちから頼まれごとがあり、王都とトレックを往復していた。

正直ヘトヘトだったが、この一年の成果が全てかかっているのだと自らを奮い立たせていた。

四年生の従魔師たちと共に、ライルは己の従魔に『行ってくるね、いい子で待ってて』と声をかけて学園を出発し、持ち場に向かう。

アモンとノクスは『頑張ってねー』と声援を送って、彼を見送った。

学園から四年生がいなくなったのを確認し、アモンとノクス、そして他の生徒の従魔たちは互いに視線を交わす。

『よし！　僕らも行こう！　準備はいい？』

アモンの言葉は他の生徒の従魔には通じない。

しかし、その心意気はしっかり伝わっている。みんなは返事をすると、アモンのあとについていった。


日が完全に落ちた頃、王都のメインストリートには、多くの人々が集まり、これから始まる四年生の出し物を待ちわびていた。

学園の出し物が行われることは知らされていたものの、肝心の内容についてはギリギリまで秘密にされているのだ。

定刻になり、学園の鐘が鳴る。

それを合図に、メインストリートに立ち並ぶ街灯が学園の方から順に灯った。

どこからともなく音楽が聞こえ始め、次第に大きくなってきているのに観客が気付く。

みな耳を澄まして、学園がある方角に注目した。

装飾が施された巨大な乗り物が複数台、ゆっくりと進んでくる。

それこそが四年生の出し物、パレードだった。

乗り物の上には生徒が八人ほど乗っていて、各々手を振っている。

先頭に立っているのは、バーシーヌ国王の孫娘、シャルロッテ姫。彼女の脇に最年少従魔師ライル、昨日の聖武大会で活躍し、準優勝に輝いたシオウが並んでおり、それに気付いた観客たちが歓声を上げた。

乗り物のサイドには残る五人の生徒がいて、楽器を演奏していた。

これは生徒の作った山車《だし》を、アーデが改造した特別なパレード用の装置だ。

乗った生徒が魔力を送ることで山車に装飾された灯りが光り、前進する仕組みだった。

改造された山車には魔道スピーカーがついており、生徒が演奏する音色《ねいろ》を遠くへ届ける。

メインストリートに立ち並ぶ街灯は、山車が近づくと流れる音楽に合わせ、灯りの色を赤や青、紫やオレンジ、緑、黄と色とりどりに変化させた。

全十五台の山車が、続々とやってくる。中には十数人が乗っている大型の山車もある。

観客たちは初めて見る光のパレードに目を奪われ、感嘆の声を漏らした。

山車の行進と演奏が止まり、沿道から拍手が沸き起こった。

この演出はあくまでも入場。パレードの本番はここからだ。

開幕の合図はライルが務める。

彼が両手を上にあげて、魔法を発動しようとした時だった。

街灯の灯りが全て消えた。

予定にはない演出に四年生たちが戸惑い、ライルも魔法の発動を止めた。

『アーデ、何かトラブルがあった？』

照明を手伝ってくれた従魔にライルが呼び掛けるが、応答はない。

それどころか【感覚共有】を切られてしまい、彼は困惑した。

「祭りの雰囲気を味わってほしい」と、結界によって閉ざされた不死鳥の島に残った従魔を除く、ほぼ全ての従魔たちと繋いでいた【感覚共有】。それが従魔側から切断されていく。

慌ててライルはアモンとの繋がりに呼びかけようとして……向こうから【念話】が届いた。

『ライル、ごめんね』

アモンとの【感覚共有】も、その一言で途切れた。

何が起きたかわからず、みながライルに視線を送る。

『ねぇ、父上。何かあったの？』

アサギが【念話】で聞くが、ライルは混乱していて答えられない。

シオウとアサギ以外、誰からも応答がないのだ。

自分がなんとかしないといけない……ライルがパレードの一時中止を決めようとした時だった。

ワォーーーーン！

どこからともなく遠吠えが聞こえてきた。

ワォーーーーン！

ワォーーーーン！

また遠吠え。しかも今度は二匹に増えている。

ワォーーーーン！

ワォーーーン！

ワォーーーーン！

今度は三匹の遠吠えが重なるように響く。

遠吠えの数はどんどん増えて重なり合い、王都中に響き渡った。

暗闇に響く獣の鳴き声に、人々がざわめく。

しばらくして、咆哮《ほうこう》がピタッと止まった。

すると、どこからともなくピアノの音色が聞こえ始める。

「この曲……『碧月《へきげつ》に舞《ま》う蝶《ちょう》』だわ」

シャルロッテが呟く。

これが予定外のイベントだと知っている四年生たちはまだ動揺しているが、観客たちは演出の一部だと思っているようだ。ざわめきが収まり、優雅な演奏に心奪われている。

やがてピアノに別の音色が加わる。スティールパンのような透き通った打楽器みたいな音だった。

「ねぇ、見て！　地面がピカピカしているよ」

観客の子どもが騒いだのを聞き止め、何人かの生徒たちが地面を見下ろした。

確かに、演奏に合わせて道のタイルが光っている。

「……蛍《ほたる》？」

別の観客が呟いた。その観客が指で示す先、確かに赤く光った何かが飛んでいる。

まるで丸い光に小さい羽が生えているかのような姿に、人々は目を見張った。

「ライル、そっちにも……え？」

呼びかけようとしたシャルロッテが、言葉に詰まった。

蛍のような光がどんどんと増えていたのだ。それも赤だけではない。青、緑、黄色の計四色だ。

あっという間に王都中を飛び交い始めたそれは、幻想的な夜の景色を作り出す。

ワンワンワン！　ワン！　ワォーーーーン！

そんな時、先ほどまでとは異なる遠吠えが学園の方から聞こえた。

みながそちらに目をやると、次第に風が吹いてきた。

緑色の光が集まり、やがて学園から空に伸びる螺旋《らせん》状の輝く道が出来上がった。

そしてそこを魔物が列になって上っていく。

先頭を行くのはライルの相棒——柴犬のアモンだ。

◆

時は少し遡《さかのぼ》る。

聖獣の祠の近く、エレインの湖の周りには百五十匹を超える銀狼が集まっていた。

『本当に俺がやるんすか……めっちゃ緊張するんですけど』

シルバーウルフのコテツはアモンから、今回の計画の号令を任されていた。

『大丈夫です。アモン様があなたに任せると言ったのですから』

ヴェルデの眷属《けんぞく》であるスイが精いっぱいコテツを励ます。

『でも……』

『コテツ、出番だよ！』

アモンからの【念話】で、コテツは迷っている場合ではなくなった。

腹に力を入れ、渾身《こんしん》の遠吠えを披露する。

ワォーーーーン！

それに続くようにみなが遠吠えをした。

全員が一通り遠吠えを終えると、湖畔《こはん》に置かれたピアノの前に座った首なし鎧が優雅に演奏を始めた。

王都に響いた遠吠えとピアノの演奏……それらは全て、ライルの従魔である銀狼たちとジーノの仕業だった。

その様子を祠のそばからスイが眺めている。

『お見事ですね、ジーノ様。このような特技があるとは意外です』

スイが称賛すると、傍らにある生首はへらへらしながら【念話】で答える。

『俺さ、体動かすこと以外はなんにもできなくて、勉強なんて特にダメ。そのせいでお母様には悲しい思いをたくさんさせたんだよね』

幼少期、王族でありながら、気品がある振る舞いをしないジーノに対する非難が多々あった。

そうした声はいつも、最後には母親に向かった。

『だからね、一つでも貴族らしいことを覚えようと思って学園に入ってからピアノを始めた。本当はもっと小さい頃に習わされたんだけど、ずっと座ってるのが退屈で投げ出しちゃったんだ』

『それなのに再び？』

『うん。お母様がピアノの演奏を聞くのが好きだったからさ。でもやっぱり全然ダメで……楽譜が覚えられなかったんだよね。何年もかけてやっと一曲だけ覚えて、聖音楽会で披露したら本当に喜んでくれてさ。それから聖音楽会の度に弾いていたんだ。この『碧月に舞う蝶』しか弾けないんだけど、これだけは誰にも負けないくらい上手いって評判だったから』

胴体を失ったジーノは当初、ピアノを上手く弾けなくなっていた。

それでも母親にまた聞かせたいと願い、【亜空間】にピアノを置き、この曲を練習していた。

『王妃様、きっと喜ばれますよ』

そう言いながらスイは湖面を見た。

そこには、呆然としながらジーノの演奏を聞いているライルたちの姿が映っている。

スイたちはアサギのユニークスキル【絶対零度】で凍らせたクリスタルを使い、エレインのユニークスキル【湖の乙女】でこちらの音声を王都に届けていた。

実は王都のメインストリートには小さなクリスタルが使われているのだ。

エレインは別件で外しているのだが、代わりにスイがとある力を用いて【湖の乙女】の力を維持している。

ピアノの音色が響き始めたのにはそういったわけがあった。

ライルとの【感覚共有】を切ったあとも向こうの様子がわかるのも、クリスタルのおかげだ。

王都の映像は聖獣の森でも見れられるため、森の民の村に残っているシャリアスも視聴できるのだ。

ピアノを弾くジーノの姿は、これからとある場所に届ける手はずになっている。

◆

王城にはシャルロッテを除くバーシーヌ王族一同と、護衛役の近衛騎士団長、オーウェンがいた。

学園から進んでくるパレードの様子を、彼らもまた眺めていたのだ。

「さすがライルだね。これだけの規模の企画を完遂《かんすい》するなんて」

感心するマテウスに、ルイも同調する。

「このためにずっと奔走してたからね。僕も予算交渉されたし」

ライルは聖獣祭実行委員になってからの一年、かなり忙しくしていた。

この企画を実現するために、各方面と協議を重ね、準備にも相当な時間を費やした。

「器が違うわね。なんとかロッテのお婿《むこ》さんになってくれないかしらね」

ヒルダは双眼鏡で娘とライルを眺めて呟き、さらに続ける。

「ねぇ、やっぱりロッテは――」

「ヒルダ、今更心配しても意味のないことだ。あの子はまもなく自分の進む道を決めてしまう」

マテウスが制し、妻の話を打ち切った。

口を開こうとした国王ハンスを、王妃のイレーヌが止める。

「謝罪はなりません、国王。あなたには愚かな賭けの結果を見届ける責任がある」

国王との賭けに勝ったロッテは、王家が隠すライルの秘密を全て知ることになる。

想い人が背負うものを知り、彼女がどんな選択をするかは明らかだ。

王家の面々が黙ってパレードの様子を眺めていると、突然パレードの灯りが消えた。

オーウェンが訝《いぶか》しみ、小さく呟く。

「事前に聞いていた内容と違う……？」

今回のパレードの警備は騎士団も協力している。メインストリートを封鎖するのだから当然だ。

演出内容は事前に知らされており、騎士団長であるオーウェンは不測の事態に備えて、内容を把握していた。

状況の確認に動こうとした時、部屋の片隅に置かれたクリスタルが淡く光り、映像を映し出した。

クリスタルが聖獣の森の銀狼たちの様子と音声を中継する。

やがて、映像はピアノを弾く白銀の鎧に切り替わった。

思わずといった様子でハンスが呟く。

「ジーノ……」

そばに置かれた首はニコニコしながら、近くに佇む少女と【念話】をしているようだ。

「演奏、前より下手になったね」

ルイが言うと、マテウスとヒルダが続く。

「そうだね。あの曲だけが、あいつの取り柄だったのに」

「これじゃあ聖音楽会には出られないわね」

それぞれ軽口を叩いているが、その表情は晴れない。

ハンスに至っては、目に悲しみが浮かんでいるのがわかるほどだ。

「あれでよかったんです。自由になれて、楽しそうだ」

心底安心したように笑ったオーウェンに、場の空気が凍った。

オーウェンは思ったことを率直に口に出しがちだ。だからこそ、なんだかんだ軍務卿のジーノと上手くやってこられたのだ。

イレーヌが堪えきれないと言いたげに笑い出す。

「やっぱりそうよね。私もずっとあの子はああいう形が似合うなあって思っていたんだけど、みんなが深刻そうにするものだから」

唖然とする王家のみんなに王妃は続けた。

「だってそうでしょう。夫は気落ちして孫を甘やかし始めるし、ルイたちも口ではいろいろと言いながら内心では後悔しているんだもの」

「イレーヌはなぜ平気なのだ？　我が子があんな姿になってしまって」

ハンスの問いにイレーヌはなんでもないように話す。

「だってあの子、自分の体に全然執着がないんですもの……思い知らされておりますから」

イレーヌが懐かしそうに昔の思い出を語り出す。

ジーノがまだ四歳だったある日、彼は母親に相談を持ちかけた。

なんでも「自分は片手剣で戦うから、左腕がない方が身軽に動けると思う」という馬鹿げた相談だった。

盾を持つのは嫌だとごねられ、困ったイレーヌは「じゃあ、もう一本剣を持ちなさい」とアドバイスをした。すると、次の日からジーノは左手でも剣を持つようになったらしい。

双剣使いジーノの誕生秘話である。

「そんな話は初めて聞いたぞ」

驚いた様子のハンスにイレーヌは返す。

「他の人には言わないように伝えましたから。あなたの耳に入ったら、『産んでもらった体を大切にしないなんて……』とか心配しそうですし」

「いや、それは当然じゃない？」

ルイが呆れるが、イレーヌは同調しなかった。

「そう？　あの子の可能性が、私の産んだ体に収まりきるなんて思ってなかったもの。それより、あの子の資質があまりにも王族に向いてないことの方が辛かったわ。王子の愚かさで民が苦しむことはあってはいけないから。だからそこだけは厳しくするしかなかった」

「しかしだな、あの子は人目を避け、普段はライルの【亜空間】にいざるを得ない。いくら鍛錬が好きとはいえ、ずっとそこで暮らすのは……」

「オーウェン。あなたならジーノの気持ちがわかるでしょう？」

ハンスの嘆きを聞き、イレーヌは話を振った。

オーウェンはかつての上司について率直に感想を述べる。

「ジーノ様は強くなってライル様と世界を冒険するのが待ちきれないのでしょう……だからきっと鍛錬も前より楽しんでらっしゃると思いますよ。今だって、あんなに笑っておられる」

その言葉で、みんなが映像を注視した。

遠吠えする狼たちと共に笑顔でピアノを弾くジーノ。相変わらずへらへら顔の彼だが、瞳は人間だった頃よりずっとキラキラしていた。

◆

ライルの【亜空間】、ガラヤン一家が暮らす【シェルター】にもクリスタルは置かれていた。

「チビたち！　祭りや、派手にいくで！」

「ほら、お父さんと一緒に頑張りなはれ！」

両親に励まされ、子亀たちはクリスタルから流れる音に合わせて体を震わせる。

ガラヤンのユニークスキル【共振《きょうしん》】はなぜか子どもたちにも受け継がれた。

ガラヤン自身が生産したオリハルコンに振動を伝えるというスキル特性が、自分の子に遺伝したのではないかと推察されているが、本当のところはわからない。

アーデは鉱物系のトータス種である子亀たちから採取した鉱物を、王都のメインストリートに使われるタイルに少し混ぜ、特定の振動が伝わると光るように仕掛けを施《ほどこ》した。さらに彼らの鉱物は振動すると小さいながら美しい音を発することに気付いたアーデは、その音を増幅するよう仕込んでおいたのだ。

今回のサプライズはアモンの一声で始まった。彼がこの仕掛けを思いついた時には路面の改修は終わっていたものの、なんとか理由を作ってタイルの交換を進めたのだ。

「ほら、アモン様が引きこもりのワイらにも花道を用意してくれたんだ。ここで諦めたら亀が廃《すた》るで!」

「やったるで!」

「まだまだいけるで」

「あたしもや」

父亀のよくわからない激励に、子亀たちはいっそう張り切り体を震わせる。

その心意気はしっかりとメインストリートを輝かせ、王都にいるライルや観客たちの目に映っていた。

◆

王都では、ゼフィアが家族に挨拶をしていた。

「お父様、お母様、ノーツ、いってきます」

「あぁ、しっかりとな」

「気を付けてね」

「お姉様、いってらっしゃい」

コラット伯爵夫妻と弟のノーツに見送られ、ゼフィアは目的地へ向かう。

【実体化】を解き、精霊の姿になった彼女は王都の外に出た。

『お待たせ、東の配置に到着したわ』

『では、これで全員が揃いましたね』

ゼフィア到着の報《しら》せに、エレインが頷く。

『我は南に』

『俺も西に着いてるぜ』

バルカンとアーデが口々に答えた。

現在、エレインは王都の北にいる。これで全ての準備が整った。

エレインが厳《おごそ》かに言う。

『では、作戦の開始を待ちましょう』

『へっ、まさかこんなところで精霊大魔法を使う日が来るとはね』

アーデが笑いながら言った。

『本当だな。我らの魔法は、いつか来るだろう戦いで使うものだと思っていた』

『あら、バルカンは不満なの？』

『不満などあるわけなかろう。アモン様のお役に立てるのだ。こんなに楽しいことはない』

『違いないわね』

ゼフィアの同意を受けて、さらにバルカンが続ける。

『みなで精霊界に行った時があっただろう。我はあの時、心のどこかで罪悪感を覚えた』

人間社会に親しむのが早かったゼフィアは以前、ライルたちと交友を深め、変化していった他の精霊たちに「元の生活に戻れるか」と問うた。

かつてとは違う価値観と時間の流れの中で過ごしていることに気付き、各々納得していたのだが……今の自分たちの状態が精霊として正しいのか、バルカンは迷いを感じていたらしい。

『だがな、やはり我はこれでよかったと思う。人も精霊も魔物も同じ世界に生きる者なのだから、時に手を取って共に笑い、同じ夢を見る。それはなんら不自然なことではないはずだ』

『そうですね』

『バルカンの言う通りだ』

『私もそう思うわ』

バルカンの想いに三体の精霊も同意した。

王都の中心から微かに遠吠えが聞こえてきた。

四精霊はそれぞれに思いの丈《たけ》を吐露《とろ》する。

『始まったようですね、では行きましょう』

『学生として生活できた感謝を込めて、頑張るわ』

『魔道具だけじゃ見せられない世界を作ってやるぜ』

『我ら精霊がみなの隣人であることを示そう』

精霊大魔法【玲瓏《れいろう》たる精霊歌《せいれいか》】が発動する。

これは四元の精霊が揃った時のみ行使できる大魔法だ。

その効果によって付近の精霊の格が上がる。

つまり、目に見えないはずの小精霊の存在階位が一時的に上昇し、人々の目に映るほどの実体を持つようになるのだ。

その結果、王都に生きる小精霊たちの羽ばたく姿が人の目にも見えるようになった。

『準備は整いました。アモン様、どうか存分に力を振るわれてください』

エレインはアモンに強く呼びかけた。


アモンは王立学園で自分たちの出番を待っていた。

エレインの【念話】が届き、彼は周囲を見渡す。

輝き舞う無数の小精霊たちに囲まれながら、アモンはここまで協力してくれたイゾルド先生に礼を伝える。

『イゾルド先生、本当にありがとう』

「いえいえ。本番はこれからですよ。アモン先生」

先生と言われたアモンが少し照れる。

「あなたの授業の成果を先輩教師として楽しみにしています」

『わかりました！　いってきます！』

アモンは【縮小化】を完全に解き、大きな姿になった。

【聖霊化】はしていないので色は自慢の赤毛のままだ。

ノクスはいつものように彼の頭に乗った。

振り返って準備万端整った仲間たちに呼びかける。

『行こう！　僕らはやれるんだってところ、見せてやるんだ！』

従魔たちはアモンの号令に鳴き声を上げた。

『【テュポンロード】！』

アモンは自らの十八番の魔法を発動し、空へ続く風の道を駆けていった。

他の従魔もアモンに続くように駆け上がる。

飛べる魔物は風の道の中には入らず、みんなのペースに合わせてその横を飛んでいく。

上に上がっていくと山車の上のみんなの様子が見えてきた。

驚いているライルを見つけたアモンは微かに笑い、メインストリートの上に風の道を作り出す。

まっすぐな道では面白くないとばかりに、蛇行《だこう》させたり、アップダウンを作ったりと複雑な道を形成した。

『あ、アモン。下にマルコとウーちゃんがいるよ！』

大笑いして地上から手を振っているマルコに、ノクスが気付いた。

そこでアモンはふと、思いつく。

『ウーちゃんもおいでー！　みんなも一緒に！』

そう言ったアモンは、風の道をウーちゃんのもとへ延長した。

マルコとウーちゃんには、風魔法を使っていないアモンの言葉はわからない。しかし、彼らはしっかり意図を汲んだ。

マルコが自分の他の従魔たちも【召喚】する。

新たな従魔たちは風の道を駆け上がり、列に加わった。

「みんなもおいでー」

アモンは従魔を見つける度に【テュポンロード】を延ばし、列に迎える。

大空を進む大行列は、どんどん規模を増していった。

◆

冒険者ギルドの屋上では、冒険者たちがこの催しを眺めていた。

「おいおい、すげぇな。魔物の大行進じゃねぇかよ」

「見ろよ、ライルやジェフの従魔がいる。すげえ堂々としてるぜ」

「従魔師じゃなくてもなんだか言いたいことがわかるわ。『こんなにすごいことができるんだ。だから自分たちは主人に守られなくても大丈夫』って伝えたいのね」

ベテラン冒険者たちは大きなジョッキを片手に語る。

「主人がどんどん成長するから、従魔たちも変わったんだろう。若者が育つのは早いな。俺たちはお役御免《ごめん》かもね」

自虐的に言った冒険者を、一人の男が小突く。

「気分がいいのはわかるが、飲みすぎだよ。この野郎」

「なんだよ、ギルマスゥ。ちょっとは慰めてくれてもいいだろ？」

酔っぱらいの戯言《ざれごと》を、グスタフは「気色悪い」と切り捨てた。

「従魔と気持ちが通じ合ったら、生徒たちはここから一気に強くなるわよ。そういう冒険者を何人も見てきたでしょ？」

女性冒険者の冷静な分析に、グスタフも口を開く。

「ああ、残念だが今のままだとお前らはすぐ追いつかれる。それどころか追い抜かれるかもな。でも、あいつらは王都にとどまる器じゃない。もっともっと、広い世界に行くんだ」

「なんだよそれ。寂しいじゃねぇか」

誰かの呟きに、みなが口を噤んだ。

しかし、屋上にやって来たアスラが沈んだ空気を払拭《ふっしょく》する。

「何言ってんだ。あいつらの顔を見ろよ。未来に期待してばっかりのキラキラした表情をしてる。俺たちはその成長を特等席で見られるんだぜ。最高だろ？」

それはまっすぐなアスラらしい本音だった。

子どもたちを見守る彼の表情は、この場の誰よりも輝いている。

「あいつらが旅立つなら、その間は俺たちが王都を守んないとな！」

ベテラン冒険者がジョッキを掲げ、明るく宣言した。

グラスのかち合う音がピアノの演奏と重なった。


商業ギルドの裏手にて、バード急便の者たちもまた、空を進む行列に目を奪われていた。

片付けの手を止めて見入っているところへ、商業ギルドのギルマス、バイヤルがやって来た。

慌てて一人が謝る。

「すみません、バイヤルさん。すぐに片付けを終えて、明日の準備を——」

「何を言ってるんですか？　片付けなどしている場合じゃないでしょう」

いつも通りの冷静な様子のバイヤルだが、聡《さと》い従業員は秘められた彼の怒りに気が付いた。

バイヤルはため息をついた。

「仕事に熱心なのはいいのですが、商人としてはまだまだですね」

バイヤルは人差し指で空を指した。

「今、王都に集う全ての者の目は空を向いているのですよ。それに、わざわざアモン様が従魔を呼んでくださっている。やるべきことは一つではないですか？」

そこまで言われて、はっきりと気付いたのだろう。

従業員たちが背筋を伸ばして、声を張り上げる。

「「「「お任せください！」」」」

彼らはバード急便のマークが描かれた空箱を従魔たちにぶら下げて、空に向かって送り出した。


医療ギルドの継続治療棟にはシュネー……【完全人化】したユキが来ていた。

「それではいってきますね」

リナからトレックの診療所を任されていたユキだったが、そちらの営業はすでに終わっている。

その後、ライルに「医療ギルドを手伝うため王都に戻りたい」と嘘をつき、こちらに【召喚】してもらっていたのだ。

「シュネーお姉ちゃん、またどこかに行っちゃうの？」

リハビリ中の子どもたちが寂しそうにユキを見上げ、尋ねる。

「うん。みんなが元気になるように、お姉ちゃんもお祈りしてくるね」

「私たちも見たいよ。お外、なんだか楽しそうだもん……」

継続治療棟には、長期のリハビリが必要な子どもたちが集まっている。

瘴気の病は、子どもや老人、基礎疾患を持った者がなりやすい病だ。

一度重篤《じゅうとく》な状態になった者は、元の生活に戻るためのリハビリに時間がかかる。長い子だと一年以上も入院しているのだ。

メインストリートから比較的離れたところに立っているここからでは、今あちらで何が起きているのかよくわからない。

「大丈夫だ。ちゃんと様子がわかる特別なものを用意したから」

肩に担《かつ》いだ大きなクリスタルを下ろして言ったのはヒューゴだ。

クリスタルが魔物たちが空を歩く姿を映し出し、音楽を響かせる。

「今日は私たちと一緒にこれを見ましょう」

「あぁ、みんなでシュネーを応援しよう」

リナとアンジェラの言葉に、子どもたちが力いっぱい頷く。

「みんな、見ててね！」

笑顔で言ったユキに向かって子どもたちが手を振った。

応援に背中を押され、【完全人化】を解いた白銀の狼は風の道を駆け出した。


職人ギルドの職人たちは一日の仕事を終え、酒場で酒を飲んでいた。

「おい、見ろよ！　地面が光ってやがる！」

「アーデさんが何かいじってるなあとは思っていたんだよ。やっぱ、あの人は粋《いき》だなあ」

「バルカンさんだってすごいぞ。昨日の聖武大会見ただろ？」

「あぁ。あれって特別な術式が刻まれた防具じゃないんだろ？　姫様もシオウって子も、激戦を終えても傷一つなかった。素人でも最高の装備だってわかるぜ」

職人たちの会話が盛り上がる。そのうちの一人が疑問を口にした。

「ところで、そこらを飛んでるキラキラした光だけどさ。俺らの周り、赤と黄色ばっかりじゃないか?」

男の疑問に周囲も首を傾げる。

「確かに。従魔たちが歩いてる空の道には、緑色の光が向かっていったもんな」

「この光は普段は目に見えない小精霊の輝きですよ」

「あ、グランデス……ってお前、どうしたんだよ!」

グランデスの周りには、非常に多くの赤い光が飛び交っていた。

一緒にいるポパイとミコにも赤の光が集まっているものの、彼のそれは群《ぐん》を抜いている。

グランデスは「兄さん方、失礼します」と断ってから、巨体を専用の大きな椅子に下ろした。

「カイの里は火の精霊様のおかげで成り立っている里なんです。東方は魔力が薄い場所ですから、魔法によって火を維持するのが難しい。小さい島なので、薪《まき》をくべるにしても資源に限りがあります」

「よく火を使う鍛冶には厳しい環境ね」

ミコの言葉にグランデスが頷く。

「はい。でも里には炉《ろ》に宿る火の精霊様がいて、その火で鍛冶をするんです。この赤い光、きっと火の小精霊です。里の精霊様を見ていたからか、なんとなくわかります」

カイの里において、ジャイアントと火の精霊は対等だ。一見すると精霊が上のようにも見えるが、違う。

炉の精霊は火を与えるという役割があるからこそ、個としての存在を得ているのだ。東方では精霊が人々の暮らしと密接に関わっていた。

グランデスの話を聞いて職人たちが静まる。

アーデやバルカンを慕う彼らは、たとえ目に見えずとも、精霊たちと共あることを忘れないでいようと心に決めた。


一方その頃、シリウスは団員たちが集まる百獣サーカス団のテントを訪ねていた。

突然現れた彼に、ユウゼンが気まずそうに尋ねる。

「あ、君はもしや【人化】できる従魔と噂の――」

「つまんない芝居《しばい》してんじゃねぇよ、オヤジ。臭いをごまかしてるつもりなんだろうが、二百年以上の加齢臭《かれいしゅう》がその程度で消えるかよ」

「てめぇ、父親に向かってなんて口を！　あっ……」

勢いよく口を滑《すべ》らせたユウゼンに、事情を知っていたラゼンガやレオルスは呆れ顔だ。

「いや、その……」と口籠《くちごも》っている彼に、シリウスが首を横に振った。

「別にいいよ。オヤジが仕事を途中で放り出すわけねぇから……ちゃんと聖獣様の任を解かれたんだろ？　森に残れなくなるのは仕方ない。次代の邪魔になるだけだ」

シリウスの言う通りだった。

ガルに任を解かれた先代聖獣……ユウゼンは森を離れることになった。

彼は聖獣としての仕事が終わったら、【完全人化】して人間の国を旅したいと思っていた。

「ついていく」と言い出す仲間が出ないよう、幼馴染《おさななじみ》のシルバニアウルフに頼んで死を偽装し、こっそり森を離れたのだ。

不思議な運命に導かれ、ユウゼンは百獣サーカス団に入ることになった。亜人族の古い友人……ラゼンガに誘われたのだ。

象車で一緒になったライルたちに対して挙動不審だったのは、彼らが聖獣とその主人であると勘付いていたからだ。

ユウゼンがどう説明したものか困っていると、シリウスがため息をつく。

「思うところはあるが、まぁ、俺も人のこと言えないから」

死んだふりで仲間を騙したことについて、シリウスにユウゼンを咎める資格はない。

新たな聖獣であるアモンが現れ、彼と決闘した際、彼だって死んだふりをしてこっそり森を出る計画を立てていたのだから。

「もう俺は行くから。アモン様も待ってるし」

「しっかりやれよ、シリウス。今代の銀狼の長は責任重大だぞ」

「わかってるよ……アモン様が他の従魔たちも誘っているな。お前たちも行かないか？」

シリウスが声をかけると、サーカス団の従魔、レフラーとグリンデルがレオルスを見た。

彼が片手を上げたのを確認し、【縮小化】した二匹が風の道を目指して歩み出す。

「マサムネ！　お前はどうするんだ？」

シリウスが大きな声で言うと、物陰から若い青年が出てきた。

ユウゼン、ラゼンガと一緒に剣舞を披露していた男だ。

「気付いていたのか？」

青年が気まずそうに聞くと、シリウスは驚いた顔をして固まった。

「おいおい。本当にいたのかよ。あてずっぽうでも言ってみるもんだな」

「あてずっぽうって……」

「先代聖獣に憧れてただろ。オヤジの形見を持って旅に出たんだ。もしかしたらいるんじゃないかと思って、念のため鎌をかけた。お前は若いからか臭いもごまかせてるみたいだし」

説明するシリウスの横で、ユウゼンが「儂、そんなに臭うか？」と自分の臭いを嗅いでいる。

そんな父の様子を無視し、シリウスがマサムネに問いかける。

「で？　お前は来ないのか？」

「先代の友人だったラゼンガさんの噂をカイの里で聞いたんだ。それで百獣のサーカス団に辿り着いて、先代と再会できた。気持ちは整理できたよ」

シリウスの問いかけに答え、マサムネがレオルスの方を振り向く。

「拾っていただいた恩を返せず、すみません。あなたたちのおかげで、人間が好きになりました。俺は俺が仕えるべき存在、アモン様とライル様のところに戻りたいと思います。本来ならもっと早く申し出るべきなのでしょうが、最後まで迷ってしまい……」

その言葉に、レオルスが意外そうに聞く。

「は？　お前、そんなこと気にしてたの？　俺はてっきり、最終日にジャーン！　と登場したいっていうエンターテイナー的発想で、ライルくんたちから隠れていたと思っていたんだが」

ため息をついたレオルスに、マサムネが身を固くした。

マサムネは真面目で愚直《ぐちょく》な性格だ。

まだ迷いがあることをわかっているレオルスは、はっきりと言葉にする。

「お前はもう俺の家族、息子なんだ。好きなところで精いっぱい生きてくれれば、十分親孝行なんだよ」

団員を引き連れてテントの外に出たレオルスは、風の道を指してさらに続けた。

「それにさ、うちの団員なのにあんな上等な舞台に上がらないつもりか？」

「……みなさん！　今までお世話に——」

「おい、待てよ」

頭を下げようとしたマサムネを、レオルスが止めた。

「今生《こんじょう》の別れみたいになってるが、王都の公演は最後まで出てくれ。三剣士の演武って触れ込みでビラを配っちまったんだから。挨拶はその時でいいさ」

「こればっかりは当然の義務だな」

ラゼンガの言葉に、団員たちが笑った。

マサムネは顔を真っ赤にして俯く。

「……そうでした。えっと……とりあえず、いってきます」

「おぅ！　行ってこい！」
団員たちに背中を押され、マサムネは【完全人化】を解いた。
同じく元の姿になったシリウスと並び、歩き出す。
『あ、そうだ、オヤジ。せっかくだから言っとくわ』
そう言ったシリウスは一度立ち止まって、後ろを振り返った。
気恥ずかしくてなかなか目を合わせられなかった父親に、まっすぐ視線を向ける。
『生きててよかったよ』
それだけ告げ、シリウスは駆け出した。
狼たちの姿が見えなくなった頃、俯いたユウゼンの肩をラゼンガはそっと叩いた。

◆

聖獣の森では銀狼たちがはしゃいでいた。
『アモン様、聞こえますか！』
『ライル様ー！』
湖面に映る魔物の大行進に向かって、銀狼たちは思い思いに叫んでいる。
その様子をジーノはピアノを弾きながら楽しそうに見ていた。
『俺が呼びかけたら、みんなびっくりするかなー』

『死人の声がしたら驚くどころじゃ済みません。こっちの音を中継しているんですから、絶対に声を出しちゃダメですよ』

『はーい』

スイはヴェルデからジーノのお守《も》り役を任命されている。

万が一、彼が声を出そうとしたら、木の根で口を塞ぐか、湖に突き落とすつもりだ。

『森が騒がしいと思って来てみれば……何をしている？』

やがて、老いたシルバニアウルフがやって来た。

コテツが状況を説明する。

どうやら聖獣様は自分の仕事を見つけたらしい……湖面に映るアモンの姿に、老狼は密かに喜ぶ。

『それにしても未熟な遠吠えじゃな。みなに聞かれて恥ずかしくないのか？』

引退した年寄りに言われて、コテツも黙ってはいられなかった。

『だったらやってみせてくださいよ！』

シルバニアウルフは足を踏ん張って、遠吠えの姿勢に入った。

ウワォーーーーーーーーーーーーーーーーーーーーーー！

それは、老いた体から出たとは思えないほど透き通り、どこまでも届きそうな遠吠えだった。

老いた狼に負けてられるかと、若き銀狼たちが続く。

銀狼だけじゃない。

森の方々から獣の嘶《いなな》きや木を揺する音が聞こえてくる。森中の魔物がめいめい、アモンの呼びかけに答えているのだ。

老いた狼は思いを遠吠えに乗せる。

『友よ。幼き日より共に森を守った友よ。ここはもう大丈夫だ。お前は若き日の願いのまま、広い世界で生きろ！』

どこにいるかわからない友に、なぜか今日は声が届くような気がした。

◆

メインストリートの上空を駆け、従魔たちが主人のところに向かっていく。

『ライルー！』

「アモン！」

ライルは空から落ちてくるアモンを受け止めた。他の生徒も同じように従魔を迎えている。

「アモン。これは一体……」

『サプライズ、驚いたでしょ。みんなですっごく練習したんだよ』

「練習って……」

ライル同様、他の従魔師もまた、このサプライズに驚いていた。

「どうしてフラウがここに来たの？　怖くなかったの？」

「クルル。お前、いつの間にあんな魔法を覚えたんだよ」

生徒たちは、従魔がいつの間にか知らない魔法やスキルを使って行進を盛り上げていたことに気付き、驚いていた。

「もしかして、学園で従魔を預かってたのってこのため？」

『そうだよ。僕とノクスで、みんなに力の使い方や戦い方を教えたんだ』

ライルの質問にアモンが答えた。

従魔を集め、アモンは彼らの先生役になっていた。

ヴェルデが教えてくれる魔物の情報を参考に従魔と向き合って、それぞれが強くなるための方法を考えたのだ。

普通の魔物に比べて戦闘経験が豊富だったアモンにとって、これが天職だった。

このタイプの魔物ならこんな戦い方ができる、こうした弱点にはこっちの魔法が有効だ……というのが感覚的に備わっていたのだ。

驚いているライルに、アモンがはっきりと考えを伝える。

『みんなが全然僕ら従魔の気持ちをわかってないから。これはその抗議活動なんだ』

「抗議って……まさか俺にも言いたいことがあった？」

『当たり前だよ。僕はライルのせいでずっとモヤモヤしてたんだから』

愛犬の怒りを知り、ライルは言葉を失った。

『ライル、前は僕といっつも一緒にいてくれたのに、最近は全然遊んでくれない。ゆっくり暮らしたいなんて言いながら、全然ゆっくりしてない』

「だってそれは、今のままじゃできないから。洗礼の儀でも話しただろ？　俺だって変わらないと――」

『なんで一人で変わろうとするの！』

【念話】するアモンの言葉は強く、ライルの魂の奥まで響くようだった。

『ライルは僕にあの頃の……地球にいた時のままでいてほしいんでしょ。僕だって本当はそうしたいよ。でも違う』

アモンは空を進む魔物たちを見て、それから周りの生徒と観客を見渡した。

『僕ら、もう大切なものがこんなにたくさんできちゃったんだ。ライルはそれに気付いて頑張ってるでしょ？　ライルがあの頃のままでいられないのと一緒で、僕だって変わりたい。みんなを守りたいんだ』

アモンが自分のできることを見失った原因は、ライルにもあった。

ライルは愛犬であり聖獣でもある彼が無理をして、傷つくのが嫌だったのだ。だから自分だけが変わろうとした。

置いてけぼりにされたアモンの心には、自分でも気付かぬうちに無力感が芽生えていた。

それがアモンのモヤモヤの正体だった。

他の学生従魔師たちも、ライルと同様、従魔を危険に晒《さら》したくなかった。

トーマスの事件をきっかけに少しずつ成長していく主人たち。

守られるばかりの状況に、彼らの従魔は悔しさを募らせた。

従魔と共に戦う術《すべ》を模索《もさく》していたロッテとジェフ以外、ほとんどの従魔師に対して、従魔は不満を抱えていたのだ。

『僕はライルの相棒だと思っているけど、違うの？』

『いいや。相棒だよ』

ライルが【念話】で伝えると、アモンは満足そうに頷いた。

『僕の仕事は森だけを守ることじゃないよ。ライルと一緒に世界を渡り、大切なものを守ることだ。だから僕が聖獣に選ばれたんだ。魔物と人間を繋げることが僕のお仕事。それに、世界の向こうからでもライルのところに駆けつける力……思いがあるから。それは僕にしかできないよ』

アモンの、そして従魔たちの決意は主人たちにようやく届いた。

従魔たちが主人に決意表明をする中、ノクスは沿道で見守るヴェルデの近くにやって来る。

『アモン様と一緒に行かなくてよいのですか？』

『もちろんあとから追いつくよ。でもその前にしっかり二人を見ておきたくて』

ノクスにはヴェルデが立つポジションこそ、ライルとアモンを見守る特等席だと気付いていた。

『今回さ、アモンが頑張ってるのを見てわかったことがあるんだよね』

『なんですか？』

『僕って別にライルとずっとくっついていたいとか、独り占めしたいとかって、あんまり思わないんだ』

『そうですね。あなたはどちらかというとアモン様にべったりですし』

今更なのでは、とヴェルデが続けると、ノクスは首を横に振った。

『ヴェルデの言う通りだけど……僕、アモンに対しても、そういう感情がないんだよ』

その発言には、さすがのヴェルデも言葉を失う。

ノクスと言えばアモンの頭の上が定位置だ。

ヴェルデでさえ、甘えん坊だなと微笑ましく思っていたのだ。

『もちろん、ライルとアモンは誰よりも大好きだよ。でも、僕の望みはあの日……従魔契約をして、二人の家族になった時、ベッドから見た光景にあるんだ。僕はただ二人と一緒にいたいんだよ。独り占めとかは別にいいんだ』

『なるほど。あなたは今、仲良しなお二人のもとに戻るため、一度こちらに来たんですね』

『そういうことー。ほら、アモンがライルに怒るところはあんまり見たくないし、どっちの味方か聞かれると困っちゃうから』

『……あなたが【聖獣の弟】の称号を得た理由が少しわかった気がします』

ライルたちのそばに仕えていながら、気付かなかったとは……己もまだまだだとヴェルデは認識を改める。

『じゃあそろそろパレードが再開するだろうし、僕は戻るけど……ヴェルデは見てるだけ？』

『いいえ。みなが参加しているのに私だけ見物とはいきません』

ヴェルデが沿道の木々を指差す。

『アーデは仕事が細かいでしょう。職人の仕事だけじゃなくて、こうやって道沿いに樹木を植えたり、花壇を作ったり……今回は、王都に樹を植える際はある系統の樹木にしてほしいとお願いをしておきました。こうすれば私のスキル【系譜の管理者】で植物を操作できますから』

『まさか、この通りにある樹を全部動かすつもり？　こんなにたくさん大丈夫？』

『はい。精霊大魔法のおかげでエネルギーは十分です』

王都周辺は現在【玲瓏たる精霊歌】の影響下にある。

全ての精霊の力が増しており、ヴェルデも例外ではない。

『そっか。じゃあお互い頑張ろうね』

『はい。全員でこの祭りを盛り上げましょう』

ノクスはアモンたちのもとへ飛び込んでいく。

ヴェルデもまた、【系譜の管理者】を発動させた。


アモンの気持ちを知ったライルは、彼に謝罪した。

もう不安な思いはさせないと誓い、しっかりと愛犬を抱きしめる。

そこにノクスが飛んできた。

『お話は終わったー？』

「うん。終わったよ。ノクスも頑張ってたんだね」

ライルはノクスも一緒に抱きとめた。

『よし。じゃあ、他のみんなも終わったみたいだから始めようよ』

アモンの言葉に、ライルは首を傾げる。

『だって本番はこれからでしょ！　みんな、このあとは何があるのか楽しみに待ってるよ』

アモンたちの大行進にすっかり魅《み》せられていたライルたちだが、四年生のパレードはまだ始まったばかり。本番はこれからだ。

『大丈夫だよ。僕ら、ちゃんとライルたちの動きに合わせるように練習してるから。ねっ！』

ノクスがそう言うと、アモンも『うん』と力強く返事をする。

「みんなの従魔も一緒にやるの？」

戸惑うライルにアモンは元気よく答える。

『そうだよ。ほら、シリウスたちも上から見て……えっ、マサムネがいるよ!?　なんで？』

アモンが【テュポンロード】からこちらを覗く、シリウスとマサムネに気付いた。

「俺にわかるわけないだろ。この状況もやっと呑み込んだところなのに」

ライルは立て続けに予想外の出来事が起きて、パンク寸前だった。

なんだか恐縮しているマサムネに、ライルの隣に立つシオウと、別の山車に乗るアサギが嬉しそうに手を振っている。

『事情はあとで話すよ。とりあえずみんな待ってるし、始めようぜ』

シリウスの言う通り、ライルはひとまず始めることにした。

マサムネには手を振って挨拶する。

「じゃあ、始めるけど……あの子たちもあのままでいいんだよね？」

ライルが空を指差した。

『うーん。空に残っているみんなは、思い付きで呼んじゃった子がほとんどなんだけど……せっかくだし、上から楽しんでもらおう！　細かいことはなんとかするから』

ライルはアモンの言葉を信じることにした。


ライルは両手を上に掲げると、【アクアスフィア】で水の球を空に出した。直径三メートルを超えるような、大きな水球だ。

それを確認して、先頭の山車の楽器隊が演奏を始めた。

さらにライルは【並列魔法】を使い、水土複合魔法【カラー】を発動する。

すると、球体内部に白い子狼の模様が現れた。

【カラー】は物体の色を変える魔法だ。チマージル潜入時にフィオナの父、ザックが髪色を変えるのに使ったのと同じ技である。

国民が繊細な魔力操作を得意としているため、チマージルでは【並列魔法】を用いて複数の属性を掛け合わせる魔法が発達している。帰国後、ライルはやり方をディランから教わっていたのだ。

あとは色が変わった水のみ魔力操作で動かせば、子狼が遊んでいるような演出ができる。

ライルに続きロッテとシオウが、そして後方の生徒たちもそれぞれ協力して、【アクアスフィア】と【カラー】を使い、水の球体の中に魔物や精霊のシルエットを作り出していく。

「あんな魔法を一人でねー。これを見てライルくんのすごさがわかる人ってどれくらいいるんだろう」

生徒の安全を確保するため沿道を警備するハンナの隣で、クオザが呟いた。

彼女たちは旧友で仲がいい。

ハンナは生徒たちと空を歩く自らの従魔を交互に見ながら、彼女に答える。

「どうだろう。でも、他の生徒が数人がかりでやっているのを見れば、すごさは伝わるんじゃないかしら。数人で一つの魔法を発動するのも、簡単じゃないんだけどね」

ハンナの言う通り、ライル以外の生徒は複数人で行っている。

あれは【合体魔法《ユナイトマジック》】という高等技術で、四年生のうちにそれを習得しているのはとても珍しい。

「いつもライルくんは可能性を見せてくれるのよね。私、まだ自分が強くなれるなんて思ってなかった」

「なんだよ。僕が君に【遠隔魔法】を教えた時は全然興味を示さなかったくせに」

クオザが拗ねると、ハンナは苦笑した。

「だって有用性を感じなかったもの。必要な時は魔道具を用意するつもりだった……だけど緊急時はそんなこと言ってられないって気付かされたわ」

トーマスによる生徒監禁事件で、ハンナは生徒をしっかり守れなかった自分を責めていた。

【並列魔法】や【遠隔魔法】が使えていれば、もっとできることはあったはずだ。

「僕も同じだよ。ロストマジックを再現することしか考えてなかった。いつまでも今の日々が続くと勘違いしてたから。でもライルくんは僕のところに通いながら、ずっとその先を見ていた。無知って恥ずかしいよねー」

クオザは自分の研究の意義と向き合い直していた。

生徒たちの出し物を見ながら、二人は彼らの成長に目を細めた。


次々と現れる大きな水の球とその中に描かれる森の生き物たち。それを山車に設置した魔道具が下から照らしている。

球の周りには青の光と黄色の光が飛んでいた。

最後の山車から水の球が出ると、沿道から歓声と拍手が沸き起こる。

パレードはまだ終わらない。

最後尾にいた生徒が空に魔道具を向けた。

夜空に大きな花火が上がる。

それを合図に【アクアスフィア】がはじけ、霧状になった。

にもかかわらず、なぜかさっきまで水に描かれていたはずの生き物たちが残っている。

これには照明として利用していた魔道具に秘密がある。

球体の中のシルエットを記録し、霧に映し出しているのだ。

ライルは入試の合格発表で目にした映写機らしき魔道具に注目し、今回のパレードでプロジェクションマッピングのようなことができないかアーデと相談していた。そしてこの魔道具を作ってもらったのだ。

楽器隊の演奏がアップテンポな曲になった。

魔道具を手に持った生徒たちが、山車を降りて走り回る。

狼や鳥、蝶……様々な生き物のシルエットが道や建物に映る。

走る生徒を銀狼が背中に乗せたり、ヴェルデに操作された沿道の木々、従魔たちが魔法とスキルでサポートしたりしたことで、動きはよりダイナミックなものになった。

地面から出る音と光は聖獣の森の魔物たちの声、そして楽器隊にはいないはずのピアノの音も伝え続けており、演奏をいっそう盛り上げていく。

ふと、アモンは足輪から震えを感じた。

『わかってるよ、フェル。ノクス、僕らもやるよ』

アモンの掛け声にノクスは「OK！」と軽く返事をし、山車の正面に【拒絶《きょぜつ》の魔鏡《まきょう》】を出した。

【拒絶の魔鏡】は相手の攻撃をノクスの幻惑魔法に変換する力だ。

「一体何をするの？」

ライルがアモンたちに聞いたが、アモンは『見ててよ』とだけ言って、全身を白い炎で包む。

そして白炎を【拒絶の魔鏡】に向けて放った。

白い炎が魔境の中に消え……白い鳥が現れた。

正確には、鳥に扮《ふん》した白炎とでも言おうか。白く煌《きら》めき、尾や羽先が虹色に輝く不思議な鳥だ。

これこそが【拒絶の魔鏡】の真骨頂である。

実はこの魔鏡は夢の世界と繋がっている。なんでもできる向こうの世界を通る際に、ノクスは炎に込められたフェルの「一緒に参加したい」という願いを叶えるため、彼を現実世界に顕現させたのだ。そうして、チマージルを守る不死鳥ではあるものの、普段はアモンの足輪に宿っているフェルに一時的に白い炎の肉体を与えた。

ノクスがライルに【念話】する。

『不死鳥はバーシーヌでは知られてないから、絵に描いてもらうこともできないしね。僕の力でみんなの目に映るようにしたんだ』

観客たちが、優雅に舞う神聖な鳥に目を奪われる。

「アモン、ごめんね」

ライルは空を見上げ、アモンにもう一度謝った。

『もういいよ。学園に行くようになって、ライルが一生懸命働いていた理由が他にもあるって気付いたから』

「理由？」

ライルが問い返すと、アモンが笑って言う。

『学園生活が楽しいんでしょ。じゃなきゃ、いくらなんでもこんなすごいパレード企画しないよ。自分ができる全部をここにぶつけたかったんじゃない？』

ライルは頬を掻いた。

隠し事が多い彼にとって本気を出せる機会はなかなかない。

今回のパレードは四年生全員で取り組む企画だ。

ライルが学生として過ごした時間の証だった。

大人ぶっていても、本当はライルが一番楽しみ、誰よりも全力でイベントを支えてきた。

しかし、心は青年の夏目蓮である自分が学園生活に全力になる気恥ずかしさから、クールに見えるよう取り繕《つくろ》っていたのだ。

『いいじゃん。僕にとってライルは蓮だけど、やっぱりライルでもあるんだよ。何言ってるのか僕もわかんないけど』

アモンの気持ちはなんとなくライルにも伝わった。

『それにほら、みんなこんなに喜んでるよ』

アモンに言われて、ライルは周りを見渡した。

生徒も従魔も観客も笑顔だ。

聞こえてくる森の魔物たちの声も、ピアノの音も、小精霊たちも、喜んでいるのがわかった。

少しだけ、ライルはマンティコアを倒した時のことを思い出す。

あの時以上に彼には、大切なものが増えていた。

『不死鳥の島に残ったみんなも参加できたらもっとよかったんだけどね』

「あぁ、そうだな」

アモンとライルは遠く離れた島を守る四体の精霊を思い、小望月《こもちづき》を見上げた。

◆

チマージルにて、不死鳥の島を包む結界に異変が起きた。

島にいたリーナが声を漏らし、あたりを確認する。

「これは一体……」

「私たちにもわからないのです！　魂が揺さぶられて、抑えられなくて……！」

大声で火の精霊ルベルスが伝えた。

「心配はいりません。信じてもらえるかはわかりませんが、危機的な感じではなくって——」

説明しようとした水の精霊のサッピルスを、リグラスクが制する。

「わかっておる。これが危険なものか……」

空を眺めたリグラスクはため息混じりに言った。

外界と不死鳥の島を隔《へだ》てる結界は、色とりどりの波紋を見せながらリズミカルに波打っていた。

「あの……不思議とすごく楽しい気持ちになってきたのですが、これはどういう……」

土の精霊であるトパゾスをはじめ、不死鳥の島の精霊たちは不思議な幸福感に戸惑っていた。

「ライルの思いが、闇の魔力も領域の壁も時空さえも超え、この地に届いておるのだ。夢物語のように聞こえるかもしれぬがな。どうやら向こうでよほど楽しいことがあったらしい。うぬらにも見せたいのだろうよ」

空を見上げるリグラスクの複雑そうな顔に気付き、風の精霊スマラグダスが恐る恐る尋ねる。

「すみません。もしや怒っていらっしゃいますか？」

「別に」

リグラスクが短く否定したので、それ以上精霊たちは突っ込まなかった。

実際、彼は怒っているわけではない。

ただライルの思いを感じられる精霊たちが、少し羨《うらや》ましくなっただけ。

従魔契約をしていないため、彼の喜びはリグラスクには伝わらないのだ。

だが意地でもそんな寂しさを口にしたくないヴァンパイアの始祖は、無愛想に返すしかなかった。

もう一度、リグラスクは空を仰ぐ。

この愉快な空を楽しむため、彼は従者の吸血鬼たちに茶を用意させることにした。

◆

王都の地下にある特別牢《ろう》。

隙間から漏れ聞こえてくる音楽をトーマスはなんの感情もなく聞いていた。

その時、誰も来ないはずの地下牢に足音が響く。

「元気そうね。これ、お父様からよ」

現れた女は見張りを眠らせ、小さな魔道具をトーマスに渡した。

「計画は順調かい？」

「ええ。なんの滞《とどこお》りもなく進んでるわ」

「そっか。じゃあ来《きた》るべき時を楽しみにしてるよ」

短い会話を済ませ、女……シンシアは外に出た。

この場所にまで聞こえてくる盛大なパレードの音にため息をつく。

路地裏に止まった馬車にはスーツと仮面をつけた身ぎれいなホブゴブリンが待っていた。

彼女は馬車に乗りこみ、「出して」と秘書に命じる。

「手に入れたジーノの体を使うわよ」

「かしこまりました。シンシア様」

秘書ゴブは頷き、馬車を走らせた。

◆

パレードは大盛り上がりで無事に終わり、山車は学園へ引き返していく。

沿道からの拍手はやまず、ライルたちはずっと手を振りながら学園に戻る。

『アモンは聖獣祭が終わったら何するの？』

この幸せな光景を噛みしめながら、ライルは【念話】で相棒の今後の展望を聞く。

『何って、今まで通りだよ。学園に通ってみんなを鍛えて……一緒に強くなるのが僕の聖獣としての新しいお仕事だもん。そしてライルと一緒に世界を旅するんだ』

『なんで学園のみんなの従魔を鍛えるの？』

『だって戦う時はみんな一緒でしょ？』

問いかけにいまいちぴんと来ていないライルに、アモンも戸惑ってしまう。

『アモン、ライルは謙虚《けんきょ》そうに見えて、自分を英雄譚の主人公だと思ってるタイプねってファンちゃんが言ってたよ。多分、俺だけで問題を解決しなくていいの？　って思ってるんじゃない？』

『ちょ……そんなことないよ！』

ノクスの指摘をライルは必死で否定する。

『でも、ライルってみんなに協力してもらわないとか言いながら、最後は自分だけで戦うつもりだったでしょ？』

『え？』

ノクスに図星を指され、ライルは固まった。

聖獣の主人となるもの、世界を渡り、百千の種の主人となりて悪しきものを滅す……この予言を聞いて以来、ライルは多くの従魔と共に、巨悪に向かっていかなければならないのだと思っていた。

『ねぇライル、世界の危機なんだから、僕らだけじゃなくてみんなで行くんだよ』

アモンが言い切ると、ライルは耳まで真っ赤になった。

『ええっと……それで僕のこの先の話だよね？』

アモンが尋ねたが、ライルはもはやそれどころではない。

主人公気分でいたことを指摘され、恥ずかしさで顔から火が出そうだった。

恥を腹の底に沈めるように息をついて、ライルはアモンの話を聞く。

『きっとライルと一緒に戦う人の中には従魔師もいると思う。もしかしたら、従魔じゃないけど、一緒に戦ってくれる魔物や精霊もいるかもね。そしたら、その百千の魔物の先頭に立つのが僕のお仕事だと思うんだ。学園のみんながどんな将来を選ぶかはわからないけど、でも強くて困ることはないはず。今はそれを頑張ってみたいな』

アモンが魔物たちを率いてくれるならば、聖獣の主人の役目とは何か。

今一度、自分の役目を考えるライルを、星が照らしていた。

異世界じゃスローライフはままならない
ISEKAI jya SLOWLIFE ha MAMANARANAI
―聖獣の主人は島育ち―
［原作］夏柿シン Natsugaki Shin
［漫画］ひなた丸だいや Hinatamaru Daiya
1
はなればなれになった愛犬と、異世界で奇跡の再会!?
聖獣《柴犬》と一緒に暮らすのんびり転生ライフ!
荒れた海で子どもを助けようとした夏目蓮は、波に飲まれ命を落としてしまう。だが死後に輪廻を司る神と出会い、ライルとして異世界へ転生することに。新しい家族に愛されながら成長していくライルだが、気がかりなのは元の世界に残してきた愛犬のアモンだった。そんなある日、聖獣の祠へ訪れたライルは、思いもよらない奇跡の再会を果たすことに……!?
コミックス好評発売中!
●B6判　●定価：748円（10%税込）
●ISBN978-4-434-31763-7
Webにて好評連載中!
アルファポリス 漫画
検索

作業厨から始まる異世界転生
〜レベル上げ？それなら三百年程やりました〜
Sagyochu kara hajimaru isekai tensei
不死身の半神《デミゴッド》なので、
目標Lv.10,000も
300年あれば余裕です！
yu-ki
ゆーき
作業厨、異世界でもレベル上げを極める!?

作業厨から始まる異世界転生
ゆーき
作業厨、異世界でもレベル上げを極める!?
不死身の半神なので、目標Lv.10,000も300年あれば余裕です！

この作品に対する皆様のご意見・ご感想をお待ちしております。

おハガキ・お手紙は以下の宛先にお送りください。

【宛先】

〒150-6008 東京都渋谷区恵比寿 4-20-3 恵比寿ｶﾞｰﾃﾞﾝﾌﾟﾚｲｽﾀﾜｰ 8F
（株）アルファポリス　書籍感想係

メールフォームでのご意見・ご感想は右のＱＲコードから、
あるいは以下のワードで検索をかけてください。

アルファポリス　書籍の感想　検索

ご感想はこちらから

本書はWebサイト「アルファポリス」（https://www.alphapolis.co.jp/）に投稿されたものを、改稿・加筆のうえ、書籍化したものです。

異《い》世《せ》界《かい》じゃスローライフはままならない 4
～聖獣《せいじゅう》の主人《しゅじん》は島育《しまそだ》ち～

夏柿シン（なつがきしん）

2023年 4月30日初版発行

編集－勝又琴音・今井太一
編集長－太田鉄平
発行者－梶本雄介
発行所－株式会社アルファポリス
〒150-6008 東京都渋谷区恵比寿4-20-3 恵比寿ｶﾞｰﾃﾞﾝﾌﾟﾚｲｽﾀﾜｰ8F
TEL 03-6277-1601（営業） 03-6277-1602（編集）
URL https://www.alphapolis.co.jp/
発売元－株式会社星雲社（共同出版社・流通責任出版社）
〒112-0005東京都文京区水道1-3-30
TEL 03-3868-3275
装丁・本文イラスト－鈴穂ほたる
装丁デザイン－AFTERGLOW
印刷－図書印刷株式会社

価格はカバーに表示されてあります。

落丁乱丁の場合はアルファポリスまでご連絡ください。

送料は小社負担でお取り替えします。


ISBN978-4-434-31924-2 C0093